目　次

KUMA KUMA
KUMA BEAR
vol.8

くまクマ熊ベアー 8

くまなの

PASH!文庫

ユナ'S STATUS_
名前:ユナ
年齢:15歳
性別:女
クマのフード(譲渡不可)
フードにあるクマの目を通して、武器や道具の効果を見ることができる。
白クマの手袋(譲渡不可)
防御の手袋、使い手のレベルによって防御力アップ。
白クマの召喚獣くまきゅうを召喚できる。
黒クマの手袋(譲渡不可)
攻撃の手袋、使い手のレベルによって威力アップ。
黒クマの召喚獣くまゆるを召喚できる。
黒白クマの服(譲渡不可)
見た目着ぐるみ。リバーシブル機能あり。
表:黒クマの服
使い手のレベルによって物理、魔法の耐性がアップ。
耐熱、耐寒機能つき。
裏:白クマの服
着ていると体力、魔力が自動回復する。
回復量、回復速度は使い手のレベルによって変わる。
耐熱、耐寒機能つき。
黒クマの靴(譲渡不可)
白クマの靴(譲渡不可)
使い手のレベルによって速度アップ。
使い手のレベルによって長時間歩いても疲れない。
クマの下着(譲渡不可)
どんなに使っても汚れない。
汗、匂いもつかない優れもの。
装備者の成長によって大きさも変動する。
くまゆる
くまきゅう
クマの召喚獣
クマの手袋から召喚される召喚獣。
子熊化することもできる。

スキル

異世界言語
異世界の言葉が日本語で聞こえる。

話すと異世界の言葉として相手に伝わる。

異世界文字
異世界の文字が読める。

書いた文字が異世界の文字になる。

クマの異次元ボックス
白クマの口は無限に広がる空間。どんなものも入れる(食べる)ことができる。

ただし、生きているものは入れる(食べる)ことができない。

入れている間は時間が止まる。

異次元ボックスに入れたものは、いつでも取り出すことができる。

クマの観察眼
黒白クマの服のフードにあるクマの目を通して、武器や道具の効果を見ることができる。

フードを被らないと効果は発動しない。

クマの探知
クマの野性の力によって魔物や人を探知することができる。

クマの地図
クマの目が見た場所を地図として作ることができる。

クマの召喚獣
クマの手袋からクマが召喚される。

黒い手袋からは黒いクマが召喚される。

白い手袋からは白いクマが召喚される。

召喚獣の子熊化：召喚獣のクマを子熊化することができる。

クマの転移門
門を設置することによってお互いの門を行き来できるようになる。

3つ以上の門を設置する場合は行き先をイメージすることによって転移先を決めることができる。

この門はクマの手を使わないと開けることはできない。

クマフォン
遠くにいる人と会話できる。作り出した後、術者が消すまで顕在化する。物理的に壊れることはない。

クマフォンを渡した相手をイメージするとつながる。

クマの鳴き声で着信を伝える。持ち主が魔力を流すことでオン・オフの切り替えとなり通話できる。

魔法

クマのライト
クマの手袋に集まった魔力によって、クマの形をした光を生み出す。

クマの身体強化
クマの装備に魔力を通すことで身体強化を行うことができる。

クマの火属性魔法
クマの手袋に集まった魔力により、火属性の魔法を使うことができる。

威力は魔力、イメージに比例する。

クマをイメージすると、さらに威力が上がる。

クマの水属性魔法
クマの手袋に集まった魔力により、水属性の魔法を使うことができる。

威力は魔力、イメージに比例する。

クマをイメージすると、さらに威力が上がる。

クマの風属性魔法
クマの手袋に集まった魔力により、風属性の魔法を使うことができる。

威力は魔力、イメージに比例する。

クマをイメージすると、さらに威力が上がる。

クマの地属性魔法
クマの手袋に集まった魔力により、地属性の魔法を使うことができる。

威力は魔力、イメージに比例する。

クマをイメージすると、さらに威力が上がる。

クマの治癒魔法
クマの優しい心によって治療ができる。

176 クマさん、ぬいぐるみを頼む

王都から戻ってきたわたしは、朝からベッドの上でくまゆるとくまきゅうとまったりしている。まったりしていると、知らずに二度寝をしてしまい、目を覚ましたときは、午前中が終わってしまっていた。

いつまでもベッドの上にいるわけにはいかないので、白クマ服から黒クマ服に着替え、簡単な食事をとるとくまゆるとくまきゅうのぬいぐるみを作ってもらうためにシェリーが働く裁縫屋さんに向かう。

フローラ様のためのぬいぐるみだけど、たくさん作って孤児院の子供たちにあげたりするのもいいかもしれない。

クリモニアの街の中をクマの着ぐるみ姿で歩くが、王都と違って不快な視線は飛んでこない。なかにはじっと見てくる人もいるが、王都ほどの数ではない。王都を歩くと嘲《あざけ》り、興味、驚き、いろんな視線が集まってくる。でも、クリモニアでは少なくなった。それだけ、この街ではわたしのクマの格好も周知されたってことかもしれない。

そんなことを考えながら歩いていると、裁縫屋さんに到着する。店では洋服や生地や糸などが売られている。

お店の中に入るとお客さんが数名いて、商品を選んでいる。そして、そのお客さんの接客をしている30歳ほどの女性がいる。シェリーがお世話になっているナールさんだ。

接客を終えたナールさんが、わたしのところにやってくる。

「ユナちゃん、いらっしゃい。洋服でも買いに来たの？」

わたしが洋服を着ないことを知っているのに、営業スマイルで聞いてくる。

「ユナちゃんに似合う可愛《かわい》い服、選んであげようか？」

「それもいいんだけど。今日は別件でね。シェリーはいます？」

「シェリー？　たぶん、奥で夫と一緒に服を作っているわよ」

「もしかして、忙しいですか？」

「急ぎの仕事も入っていないから大丈夫よ。呼んできてあげるから待ってて」

ナールさんは部屋の奥に行くとシェリーを呼ぶ。すると奥から、シェリーが肩まで伸ばした髪を揺らしながら小走りでやってくる。

「ユナお姉ちゃん!?」

「仕事中にゴメンね」

シェリーは首を横に振る。

「ううん。大丈夫だよ。それで、なんですか？　わたしに用があるって聞いたんですが」

「裁縫が得意なシェリーに作ってほしいものがあってね。仕事が忙しいなら、話も今度でもいいんだけど」

「さっきも言ったけど、大丈夫よ。シェリー、休憩に入っていいから、奥の部屋でユナちゃんの話を聞くといいわよ」

シェリーの後ろからナールさんが助け船を出してくれる。

わたしはナールさんの言葉に甘えて奥の部屋を使わせてもらう。

奥には小部屋があり、休憩できるようになっている。わたしたちは椅子に座る。

「それで、作ってほしいものってなんですか？」

「くまゆるとくまきゅうのぬいぐるみを作ってほしいと思って」

この世界にも人形やぬいぐるみはある。街を歩いているときに、小さな子供が持っているのを遠目で見たことがある。

「くまゆるちゃんとくまきゅうちゃんのぬいぐるみですか？」

「うん、作れる？」

わたしの質問にシェリーは少し考え込む。表情がコロコロと変わり、小さく頷《うなず》く。

「……えっと、はい、作れると思います。でも、その前に一度、くまゆるちゃんたちをよく見せてもらってもいいですか？　でも、ここじゃ狭いですよね」

シェリーが部屋を見回す。決して広い部屋ではない。部屋にはテーブルや椅子、ほかにもいろいろなものが置いてあり、くまゆるとくまきゅうを召喚するスペースはない。まあ、それは通常サイズのくまゆるとくまきゅうであって、子熊サイズのくまゆるとくまきゅうならなにも問題はない。

「大丈夫だよ」

わたしはそう言って、右手の黒クマさんパペットを前に出すと、まずは子熊化したくまゆるをテーブルの上に召喚する。

「うわぁぁ」

シェリーは子熊化したくまゆるを見て驚きの声をあげる。

「ユナお姉ちゃん！　なんですか。この小さいクマさんは」

「くまゆるだよ。召喚獣だから、小さくもできるんだよ」

巨大化はできないけどね。

「かわいい」

くまゆるの説明をすると、シェリーはくまゆるの両手を握る。

「このサイズのぬいぐるみを作ってほしいんだけど大丈夫かな？」

「は、はい。大丈夫です。あっ、ちょっと待ってください」

シェリーはそう言うと後ろの引き出しから、なにかを探し始める。そして、目当てのものを見つけると戻ってきた。

「ユナお姉ちゃん。くまゆるちゃんを測らせてもらっていいですか？」

シェリーはビシッとロールメジャーを伸ばす。

「いいけど。くまゆる、いいよね」

くまゆるは「くぅ～ん」と小さく鳴き、テーブルの上にお座りする。

「それじゃ、くまゆるちゃん。まずは腕を測らせてもらうね」

くまゆるに近づくと、くまゆるの腕にメジャーを押しあて、メモを取る。

「手の大きさは……。今度は足を測るね。あと足の裏もいいかな？」

くまゆるは座って足の裏を上げる。メジャーで測るシェリー。

「今度は胴回りを測るから動かないでね」

くまゆるはシェリーに言われたとおりにじっとして、動かない。

「次は尻尾《しっぽ》ね」

くまゆるはクルッと半回転して、シェリーに背を向けて、可愛い尻尾を見せる。シェリーは揺れる尻尾にメジャーをあてる。

「頭も測らせてね」

くまゆるは頷く。

シェリーはメジャーをくまゆるの頭にあてて、さらに耳なども細かく測っていく。

もし、これを自分がされたらと思うと、怖い。あらゆるサイズを測られる恐怖。

ブルッと震えてしまう。

「ユナお姉ちゃん。どうしたの？」

「な、なんでもないよ。それよりも、終わった？」

「はい。くまゆるちゃんのサイズは、全て測らせてもらいました」

シェリーの手元のメモには、くまゆるのデータがこと細かく記載されていた。これが自分のデータだったら、間違いなく破って燃やして灰にしている。

「ぬいぐるみはくまゆるだけじゃなく、くまきゅうも作ってね」

「サイズはくまゆるちゃんと同じですよね」

「くまきゅうのサイズも測る？」

「はい！」

わたしがくまきゅうを召喚すると、くまゆると同じようにサイズを測る。まあ、くまゆるとくまきゅうは双子のようなものなので、大きさは一緒のはず。だから、大きさに差異はない。色と表情が若干違うぐらいだ。

「それで、どのくらいでできそう？」

「う～ん、仕事もあるし。夜の時間を使って……」

「シェリー、なにを悩んでいるんだい」

隣の部屋から30歳前後の細身の男性が現れた。

「テモカさん」

現れたのはナールさんの旦那さんのテモカさんだ。シェリーに服の作り方、刺繍《ししゅう》のやり方を教えてくれている人だ。

「ユナちゃん。こんにちは」

「ちょっとシェリーを借りてます」

「いいよ。そんなに忙しい店じゃないからね。それでシェリーはなにを悩んでいるんだい」

テモカさんは優しくシェリーに尋ねる。

「ユナお姉ちゃんにくまゆるちゃんとくまきゅうちゃんのぬいぐるみを頼まれたんです」

「くまゆる、くまきゅうってこの子たちのことかな？」

テーブルの上に乗っているくまゆるとくまきゅうを見る。

「はい。くまゆるちゃんとくまきゅうちゃんです」

「これが噂《うわさ》のユナちゃんのクマか。可愛いね」

「はい、とっても可愛いです」

テモカさんはくまゆるとくまきゅう、それからシェリーを見てから、少し考え込む。

「うん、そういうことなら、仕事はしばらく休んでいいよ」

「でも……」

いきなりの申し出にシェリーは戸惑う。それはそうだ。いきなり休んでいいと言われたら誰だって戸惑う。

「さっきも言ったとおり、忙しいお店じゃないし。今まで、ナールと2人でやってきたんだから大丈夫だよ。それにぬいぐるみ作りは勉強になるから、作ってみるといい」

「本当にいいんですか?」

「分からないことがあったら教えてあげるから、頑張るんだよ」

「その、ありがとうございます。わたし頑張ってみます」

嬉しそうに返事をするシェリー。シェリーはいい人のところで勉強をさせてもらっているみたいだ。

テモカさん夫婦には子供はいない。だから、シェリーを娘のように可愛がっている。院長先生の話では養子の話もあるそうだ。

現状ではしばらく様子を見ることになっている。いきなりだとシェリーが断る可能性もあるので、もっと娘のように仲よくなってから伝えることにしたらしい。

「お店にあるものは自由に使っていいからね」

「いいんですか?」

「ぬいぐるみを作るのも勉強だからね」

優しくシェリーの頭を撫でるテモカさん。でも、シェリーを借りておいて、材料まで出してもらうわけにはいかない。

「材料代はちゃんとわたしが払うから、かかった材料代は全てわたしに請求して。あと、失敗とか気にしないで作ってね」

偉い人は言った。失敗から、学ぶことがあると。ゲームでも同じこと、敵と戦って間違ったやり方で敗れたなら、違う方法で戦えばいい。

一からクマのぬいぐるみを作るんだ。失敗するだろうし、失敗すればその分の費用もかかる。シェリーには失敗は気にせずに作ってほしい。

「ユナお姉ちゃん、ありがとう」

「わたしが頼んだんだから、ありがとうはおかしいよ」

わたしはシェリーに微笑《ほほえ》みかける。

「それじゃ、テモカさん。今から作り始めていいですか？」

「その顔を見たら、止められないね。急ぎの仕事もないから自由にするといいよ」

「ありがとうございます」

許しを得たシェリーは嬉しそうにぬいぐるみ作りの準備を始める。

わたしはやる気になったシェリーの邪魔にならないように、テモカさんにお礼を言うと、お店を出る。

うん、完成が楽しみだ。

177 クマさん、招待状を受け取る

シェリーにぬいぐるみを頼み、わたしは冒険者ギルドに顔を出す。

鉱山での報酬を受け取るためだ。すでにゴーレム討伐から日にちも経っている。依頼も完了しているはず。

討伐が無事に完了していればクリモニアの冒険者ギルドで依頼料がもらえることになっている。

わたしは冒険者ギルドに入ると、受付にいるヘレンさんに王都で受けた依頼のことを話す。

「ユナさん、王都で依頼を受けたんですか？」

ヘレンさんはギルドカードを受け取ると調べてくれる。

「鉱山のゴーレム調査、および討伐ですね。はい、ちゃんと王都から報告が届いています。依頼は完了しています」

もう鉱山にはゴーレムは現れなくなり、通常どおりに採掘が始まっているとのことだ。

やっぱり、ミスリルゴーレムかクマモナイトが原因だったのかな？

手に入れたクマモナイトも気になるけど、ドワーフの街は遠いので、しばらくは放っておくことにする。

ヘレンさんにギルドカードを返してもらい、依頼報酬を受け取る。

「ところで、ユナさん」

ヘレンさんが少し真面目な表情をする。

「なに？」

「女性冒険者たちから話を聞きましたが、とっても美味《おい》しいものを販売し始めたらしいですね」

「もしかして、ケーキのこと？」

「その、予約とかできませんか？　仕事終わりに行っても売り切れてるし。休みはしばらく先なんです」

ヘレンさんの言葉にほかのギルド嬢たちも頷《うなず》いている。確かにケーキは人気があり、ギルドの仕事が終わるころには間違いなく売り切れている。そもそも、お店が閉まるのも早い。

「このあいだ、お店の子に予約や取り置きができないか尋ねたら、受け付けていないと言われちゃって」

予約の申し込みが多いけど、全て断っているってティルミナさんに聞いたっけ。そのときは適当に受け答えをして、「ティルミナさんに任せますよ」と言った記憶が微《かす》かにある。

「ねっ、お願いできませんか？」

ヘレンさんは手を合わせてお願いをしてくる。

「ヘレン、自分だけズルいわよ」

「そうですよ。自分だけお願いするなんて」

隣の受付に座っていたギルド嬢の2人が抗議する。

「わたしとユナさんは友達なんです」

いつ友達になったの？　とかいうボケはしない。

友達かどうかは別にして、ヘレンさんにはいろいろとお世話になっているのも事実だ。

「予約はちょっと無理だけど」

「やっぱり、ダメですか……」

悲しそうな表情を浮かべるギルド嬢のみなさん。人の話は最後まで聞こうよ。

「今、持っているから、ギルドのみんなで食べて」

わたしはクマボックスからホールのイチゴのショートケーキを出す。すると、ギルド嬢たちの顔色が変わる。

このケーキはネリンが練習で作ったものだ。味はそれほど変わらないはずだ。

「これが、噂《うわさ》のケーキですか」

「みんなで切り分けて食べてね」

「えっと。お代は？」

「いいよ。わたしたち友達なんでしょう。今回はご馳走するよ」

「ユナさん！」

ヘレンさんは立ち上がるとわたしのクマさんパペットを強く握る。

「あ、ありがとうございます」

「大げさだよ」

「だって、女性冒険者のみなさんが美味しいって、いつも自慢するんですよ。とっても羨《うらや》ましかったんですよ」

「もし、気に入ってくれたら、休日にはお店に食べに来てね」

「もちろんです。食べに行かせてもらいます」

ヘレンさんの横にいたギルド嬢の2人にもお礼を言われる。


クマハウスに戻ってくると、くまゆるとくまきゅうと遊ぶことにする。王都では2人とも頑張ったから、そのご褒美をあげないといけない。

「くまゆる、くまきゅう、おいで」

トコトコと歩いてくるので抱きかかえる。

そして、夕食の時間まで、くまゆるとくまきゅうと遊びながら過ごしていると、誰かが家にやってきた。

ドアを開けると息を切らせているフィナの姿があった。

「そんなに慌てて、どうしたの⁉」

「そ、その、て、てが、み」

うん、なにを言っているか分からない。

話を聞く前に、クマボックスから水の入った水差しとコップを出してフィナに渡す。

フィナは一気に水を飲み干すと息を整える。

「それで、どうしたの？」

改めて尋ねる。

「ユナお姉ちゃんのところに手紙は来てませんか？」

「手紙？」

フィナの手には手紙らしきものが握られている。そういえばポストなんて、気にしたことがなかった。

この世界にわたしに手紙を送ってくる人なんていない。言い換えよう、元の世界でも異世界でもわたしに手紙をよこす人はいない。

「確認してください」

フィナに急《せ》かされ、クマの形をしたポストを確認する。おや、封筒が入っている。

「よかった、ユナお姉ちゃんにも来ていました」

フィナは安堵《あんど》したように息を吐く。わたしに手紙をよこすような知人はいないと思うんだけど、誰なのかな。差出人を見てみる。

ミサーナ・ファーレングラムって書かれていた。ミサーナ・ファーレングラム？　誰だっけ？　聞き覚えが微かにあるような？

「フィナの知り合い？」

「ミサーナ様ですよ。国王様の誕生祭のときに王都へ行く途中でお会いした、貴族のミサ様です」

ポン！

思い出した。ミサは愛称でミサーナが名前なんだよね。ミサーナって書かれていたから、分からなかったよ。でも、なんでミサから手紙が？

とりあえず、詳しい話を聞くため、家の中にフィナを招き入れる。

「フィナは手紙を読んだの？」

「はい……読みました。……ミサ様の誕生会への招待状でした」

「誕生会への招待状？」

わたしは封を切り、手紙に目を通す。確かにフィナの言うとおり、ミサの誕生会への招待状だった。

「う～。ユナお姉ちゃんはともかく、どうしてミサ様が、わたしのところに招待状を送ってくるんですか!?　貴族様の誕生会ですよ」

フィナは困ったように自分に届いた手紙を見ている。

でもどっちかというと、王都に行ったときに仲よくしていたフィナのほうが、わたしよりも呼ばれる可能性が高いと思うんだけど。王都でも一緒にお出かけしていたみたいだし。

「ユナお姉ちゃん。断ったらどうなるのかな？」

そんなことをわたしに聞かれても分かるわけがない。

わたしに異世界の貴族のルールなんて分からない。それに、わたしだって誕生会に出るのは面倒だ。元の世界でも誕生会なんて参加したことがないのに。ましてや、貴族の誕生会だ。ミサには悪いけど、ほかにも貴族が来るようなら参加したくない。それに、まわりがみんな綺麗《きれい》なドレスを着ているなか、一人だけ、クマの着ぐるみで参加したら、お笑い芸人みたいだ。

フィナじゃないけど、断りたいね。断ってもいいのかな？

貴族のことに詳しくないわたしたち2人がいくら考えても答えは出ない。なら、答えを知っている人物に聞くしかない。

「クリフとノアに聞くしかないね」

「クリフ様とノア様ですか？」

「わたしたちに招待状が来たってことは、ノアのところにも来ていると思うし」

今日は時間も遅いので、明日の朝、一緒にノアの家に行くことにした。

178 クマさん、クリフに相談する

翌日、フィナとクリフの屋敷に向かう。

門番の人に挨拶《あいさつ》をすると中に案内され、いつもの部屋に通される。ソファに座って待つ。隣に座っているフィナは緊張している。

「フィナ、大丈夫？」

「はい。ダイジョウブです」

フィナはそう言うが、とても大丈夫そうには見えない。王都でノアとも仲よくなったと思ったんだけど。まだ、緊張するみたいだ。

「ちょっと、クリフ様に会うと考えたら緊張して」

どうやら、ノアに対してでなく、クリフに対して緊張しているみたいだ。

王都にあるエレローラさんの屋敷に泊まっているし、国王にも会っているんだから、今さらクリフに会うぐらいで緊張することはないのに。

「国王に会ったことがあるフィナなら、クリフぐらい平気でしょう」

「無理です！　わたしからしたら領主様も一緒です。本来会える方ではないし、お屋敷に入らせてもらえる立場じゃないんです。そんなわたしなんかが、ソファに座っていいのかな？　怒られたらどうしよう。ユナお姉ちゃん。立っていたほうがいいかな？」

「大丈夫だよ。もしクリフがフィナのことを怒ったら、その喧嘩《けんか》はわたしが買うから」

「怒らないから、買わないでくれ」

クリフとノアが部屋に入ってきた。

「盗み聞き？」

「たまたま聞こえただけだ」

「ユナさん、フィナ。いらっしゃい」

クリフの後ろからノアが顔を出す。

「ノア、朝早くからゴメンね」

「お、おはようございます。お、お邪魔しています」

わたしは座ったまま、フィナは立ち上がって頭を下げて挨拶をする。

「いえ、ユナさんとフィナなら、いつでも大歓迎です」

クリフとノアの2人はテーブルを挟んだ対面のソファに座る。

「ありがと。さっそくで悪いんだけど、話を聞いてくれる？」

「ミサーナの件だろう。後でおまえさんたちのところに人を向かわせようと思っていたところだ」

「やっぱり、ノアのところにも誕生会の招待状が来ているの？」

「ああ、俺たちのところにも来ている。それでグラン爺《じい》さんから、おまえたちを連れてきてほしいと頼まれていた」

そういえば、グランさんには王都の土地を購入するときにお世話になったね。

「これって、断れるの？」

「断るのか？」

「だって、貴族様の誕生会に平民のわたしたちなんて、場違いでしょう？　いくら招待状をもらったからといって、簡単には行けないよ」

隣ではフィナが一生懸命に何度も頷《うなず》いている。

「それは大丈夫だ。ミサーナの誕生会の参加者は身内だけだ」

「でも……」

ミサには会いたいが貴族様の誕生会っていうのが、行きたくない理由だ。

「それに俺もノアも一緒に行く。何かあれば対処ぐらいしてやる」

「クリフも行くの？」

いくら知り合いの貴族の娘の誕生会だからといって、領主のクリフが街を離れて参加していいの？

「ああ、といっても、俺が参加するのはグラン爺さんの誕生会のほうだ」

「グランさんの？」

「孫娘のミサーナの誕生会の前にグラン爺さんの50歳の誕生日があるんだよ。俺はそれに参加する。それのついでに、おまえさんたちを連れていこうと思っている。普段なら参加はしないんだけど50歳の区切りだからな。今回は参加するつもりだ。ミサーナの誕生会はオマケみたいなもんだ。だから、気にせずに参加すればいい」

「ユナさんもフィナも行きましょうよ。楽しいですよ。それにミサも会いたがっていると思いますよ」

「でも、わたしは……」

俯《うつむ》くフィナ。

「フィナもミサに会いたいでしょう?」

「でも……」

「もし、行かなかったら、ミサは悲しむと思いますよ。もしかしたら泣くかもしれません」

「うっ」

「ミサがわざわざ、わたしに2人の住所を聞いてきて、自分で招待状を送ったんですよ」

それで、わたしたちの家に送られてきたんだ。家の場所を教えていないのに、どうして手紙が届いたか謎だった。

「行かなかったら、かわいそうです」

確かに、来てほしいから招待状を送ってきたのだろう。決して意地悪をするために送ってきたわけじゃないのは分かる。

「フィナがユナさんに招待状を送ったのに来てもらえなかったら、悲しいですよね。わたしもフィナに招待状を送って、参加してくれなかったら悲しいです」

ノアは少し悲しそうな仕草をする。そんな表情をされたらフィナは断れないよね。

「……わ、分かりました。行きます」

やっぱり、断れないよね。ノアも意地悪だ。でもノアが言っていることは分かるから、反論もできない。

「フィナが参加するなら、ユナさんも参加しますよね？」

ノアのその言葉にフィナがわたしのほうを見る。フィナの目は一緒に行ってくださいと言っている。

フィナを1人だけ行かせるわけにはいかないよね。ここで行かないと言ったらフィナが泣きそうだ。

「わたしも参加するよ」

「やった。これでクマさんとお出かけができます」

わたしが参加を表明するとノアが喜ぶ。

もしかして、それが目当てだったんじゃないよね？

「それじゃ、フィナ。誕生会に着ていくドレスを決めましょう」

「えっ」

ノアはフィナの腕を掴《つか》み、引っ張る。

「ユナお姉ちゃん!?」

フィナは助けを求めるようにわたしを見るが、わたしは巻き込まれたくないので笑顔で見送る。引っ張られていくフィナは強く拒むこともできずに、部屋の外に連れていかれた。

まあ、ドレスを選ぶだけだ。死ぬわけじゃない。ドアに向けて合掌する。

「それじゃ、出発は5日後になるから、早朝に家に来てくれ」

クリフは娘の行動になにも言わずに今後の予定の話をする。

「ミサがいる街って遠いの？」

「いや、そんなに遠くはない。馬車で2日ほどだ」

なら、くまゆるとくまきゅうなら数時間で着きそうだね。

「貴族の誕生会なんて、どんなものか全然知らないんだけど。なにか必要なものってある？」

「必要なものはこっちで用意をする。おまえさんはミサーナが喜ぶプレゼントでも用意してやってくれ」

ああ、プレゼントね。

「宝石やドレスでもプレゼントすればいい？」

「そんなものをプレゼントして、ミサーナが喜ぶわけないだろう」

「そんなことを言われても、貴族の女の子が喜ぶものなんて知らないよ」

「おまえさんのお店に飾ってあるクマの人形でもプレゼントすればいいんじゃないか。あれなら喜ぶだろう」

「そんなものでいいの？」

「うちの娘なら喜ぶぞ」

ですね。

うん？　でも、お店にあるクマの置物で喜ぶなら、今作っているくまゆるとくまきゅうのぬいぐるみでもいいかもしれない。女の子にぬいぐるみのプレゼントは定番だし。

「ありがと。参考になったよ。それじゃ、わたしは帰るけど、フィナのことをお願いしてもいい？」

「ああ、ちゃんと面倒を見るから安心しろ」

わたしはフィナを見捨てて……、ゴホン、フィナは誕生会に着るドレスを選んでいるので、邪魔をしないように、1人でお屋敷を出る。

貴族の誕生会か。面倒なことにならなければいいけど。

179 クマさん、商業ギルドランクが上がる

フィナを見捨ててきてしまった。

フィナのことを考えると、フィナもプレゼントに悩んでいるかもしれない。わたしだって、悩んだんだ。あのフィナが悩まないはずはない。

想像すると「なにをプレゼントしたら、いいんですか」「うぅ、なにもプレゼントするものがないです」と悩む顔が浮かぶ。

もし、フィナがプレゼントに悩んでいたら、一緒にプレゼントするのもいいかもしれない。

あと、誕生日パーティーの定番なら、ケーキかな？　せっかく作れるようになったんだし、誕生日ケーキを作るのもありかもしれない。2段ケーキを作って、色をつけたイチゴのクリームで『たんじょうびおめでとう』って書くのもいいかもしれない。誕生日にケーキは定番だし、きっと喜んでもらえるはずだ。クマボックスに入れておけば、傷むこともないし。味が落ちることもない。

それにケーキならフィナと一緒に作れるし。あとでドレス選びが終わるころ、フィナにクマフォンで聞いてみよう。

それまで、適当に時間をつぶすことにする。

「ユナさん」

わたしがどこで暇をつぶそうかと考えていると、声をかけられる。

誰かと思えば商業ギルドのリアナさんだ。リアナさんはアンズのお店を購入するときにお世話になった人だ。

「リアナさん、こんにちは」

「ユナさん。もしかして、商業ギルドに向かうところですか？」

「商業ギルド？　行く予定はないけど」

お店のことはティルミナさんに任せているので、わたしが商業ギルドに行くことはない。

「そうなんですか。てっきり、ティルミナさんから話を聞いて、商業ギルドに来てくださるのかと思いました」

「ティルミナさんなら、この前会ったけど、なにも聞いていないよ」

数日前に会っている。でも、なにも言っていなかった。

「ああ、すみません。話したのは昨日なんです」

それじゃ、聞いていない。

「それで、なにか用なの？」

「ユナさんの商業ギルドランクが上がりましたので、商業ギルドまで来てくれるようティルミナさんに伝言を頼んだんです」

「ギルドランクが上がった？」

なにかをした記憶があまりないんだけど。

考えられることはモリンさんやアンズのお店。それから、孤児院の卵の売り上げかな？

「ランクFからランクEに上がるのに普通は1年はかかるものなんですよ」

「そうなの？」

「地道に頑張って、徐々に売り上げを上げていくものなんです。そして、1年ほどで軌道に乗ったころ、ランクが上がります。なかには売り上げが上がらず、商人を辞めていく者もいます」

冒険者ギルドと違って、商業ギルドでランクEに上がるのは大変なんだね。

「手続きをしますので、お時間があるようでしたら、今からギルドに来ませんか？」

ちょうど時間をつぶそうとしていたところだったので、商業ギルドに行くことにした。

わたしはリアナさんと一緒に商業ギルドに向けて歩きだす。

「そういえば、リアナさんはどうしてここに？」

時間的にギルドで仕事をしているころだと思う。

「外回りの仕事ですよ」

「受付に座っているだけじゃないんだね」

「お店に顔を出したりしますよ。商業ギルドに顔を出してくれる人はいいんですが、来てくださらない人もいますからね」

リアナさんと他愛もない話をしながら歩いていると、商業ギルドに到着する。

「少し待っていてもらえますか。報告を済ませましたら、すぐに戻ってきますので」

リアナさんは奥の部屋に行ってしまう。わたしは壁際にある椅子に移動して、リアナさんを待つことにする。いつもならミレーヌさんが受付に座っていることが多いんだけど。今日は見当たらない。真面目にギルマスの仕事をしているのかな?

商業ギルドの中を見回すと、数人の視線がわたしに向いていることに気づいた。わたしはクマさんフードを深く被《かぶ》って、顔を隠す。

すると商人2人の会話が聞こえてくる。

「ちょっといいか?」

「なんだ?」

「あそこにクマの格好をしている子供がいるだろう」

「おまえ、指をさすな。あと、視線を向けるな」

「な、なんだよ」

「おまえ、クマの嬢ちゃんのこと知らないのか?」

声をかけられた商人は呆《あき》れたように尋ねる。

「噂《うわさ》だけは知っている。大きなクマの置物があるお店のオーナーがクマの格好をしている女の子だって聞いた。それがあのクマの格好をした子供かどうかを尋ねようと思ったんだが」

子供で悪かったね。これでも15歳だよ。

「おまえさん、この街は初めてか？」

「ああ、ミリーラの町に行くために2日前にこの街に来た」

「やっぱりか。おまえさんはあのクマについてどれだけ知っているんだ」

「クマの置物があるお店を経営していることぐらいだな。昨日、ギルドで食事ができるおすすめの店を尋ねたら、クマの店をすすめられたからな」

「旨かっただろう」

「ああ、旨かった。それで、経営しているのが誰かと調べたら、クマの格好をした女の子だって聞いてな」

「確かにあのクマの嬢ちゃんが店のオーナーだ。でも、変なことは考えないほうがいいぞ」

「なんでだ？　商人なら、金儲《かねもう》けの話があれば飛びつくだろう。あの料理法が分かれば、ほかの街で儲けられるぞ」

「やめとけ。商業ギルドの登録を剝奪《はくだつ》されるぞ」

「どうしてだ？」

「あの店には、この街の領主様のフォシュローゼ家とこの街の商業ギルドがバックについている」

「そうなのか⁉」

「ああ、だから、この街の商人は、あの店には手を出さない。おまえさんがどんなことを考えているか知らないが、喧嘩《けんか》を売るようなことはしないほうがいいぞ」

「本当にそうなら、そうだな」

「信じるか信じないかは自由だ」

「同じ商人の忠告だ。素直に受け取っておくよ。俺も危険な橋は渡りたくないからな」

素直に頷《うなず》く商人。商人同士は仲が悪いイメージがあったけど。そうでもないのかな？

「それが賢明だな。確かにあの料理のレシピは魅力的だが。この街であのクマの嬢ちゃんに喧嘩を売るバカはいない」

「まあ、後ろ楯に貴族や商業ギルドがいればな」

「本当になにも知らないんだな」

男は呆れたように言う。

「なんだよ。まだ、なにかあるのか？」

「あのクマの嬢ちゃんはな、冒険者でもある。それも、ウルフの群れに、ゴブリンの群れ、ブラックバイパーを1人で倒すほどの実力者だ」

「おまえ、俺がこの街のことに詳しくないからといって、バカにしているのか!?」

「どうして、俺がおまえさんにそんな嘘《うそ》をつかないといけないんだ。信じられないなら、ほかの者に聞けばいい。この街の商人なら誰でも知っていることだ」

「冗談だろ」

うん、冗談だよね。みんな知っているって。

「とにかく、俺は忠告はしたからな」

男は去っていく。残った男もわたしを一瞬見るがこの場から離れていく。でも、そんなふうにわたしの噂が流れているんだね。だから、今まで平和だったんだね。それにしても貴族の後ろ楯があるだけで違うもんだね。クリフには感謝しないといけないかな。いろいろとお世話になってるのは確かだし。

そんなことを考えていると、リアナさんが戻ってきた。

「ユナさん、お待たせしました」

リアナさんは受付に座ると、ギルドランクアップの手続きを始める。

「はい、これでユナさんは商業ギルドランクEになりました」

「ありがとう」

お礼を言ってギルドカードを受け取る。

「本当なら、これで一人前ですねって褒めるところなんですが、ユナさんにかける言葉じゃないですね」

「ランクEで一人前？」

「先ほども言いましたが、新人が1年間税を納めるって大変なんですよ。しかも一定の金額にならないとランクは上がりません」

確かにそうかもしれない。一から商売を始めて、軌道に乗せるのには時間がかかる。商才がなければ難しいと思う。

わたしもモリンさんの協力や元の世界の知識がなければこんなに成功はしなかった。

「商業ギルドに加入して、数か月でランクEに上がるのは凄《すご》いことなんですよ」

「これもお店で働いているみんなのおかげだけどね」

みんな真面目に働いてくれている。わたし一人の力ではない。

180　クマさん、誕生日ケーキを作る

商業ギルドを後にしたわたしは、もう少し時間をつぶすため、屋台が並んでいる広場に向かう。何度も通っている場所なだけあって、驚きの目で見られることはなくなった。たまに驚かれるが、それは新しく出したお店ぐらいだ。

いろいろな屋台から、美味《おい》しそうな匂いが漂ってくる。

「クマの嬢ちゃん、今日は屋台巡りか」

串焼きのおじさんが声をかけてくる。

「少し時間つぶしをね。おじさん、串焼き3本ちょうだい」

「あいよ」

おじさんは串焼きを焼いてくれる。いい匂いがしてくる。

「ほれ、焼けたぞ」

「ありがとう」

わたしは焼きたての串焼きを受け取ると、近くのベンチに座って食べる。

平和だね。今頃、フィナは綺麗《きれい》なドレスを着ているのかな？

屋台を巡ったわたしはクマハウスに向かう。

そろそろ、クマフォンを使っても大丈夫かな？　フィナにクマフォンで連絡して、プレゼントのことを聞こうと思っている。ただ、ノアがいたら、面倒が起きそうなんだよね。

わたしがどうしようかと考えながら、クマハウスに戻ってくると。フィナが頬《ほお》を膨《ふく》らませながらクマハウスの前に立っていた。

「ユナお姉ちゃん！　先に帰っちゃうなんてひどいですよ〜」

フィナが怒りながらわたしに抱きついてくる。もしかするとタックルだったかもしれないけど、フィナをしっかりと受け止める。

「ごめん。ドレス選びに時間がかかると思って」

巻き込まれたくないから、逃げたとは言えない。

「でも、フィナのドレス姿は楽しみだよ」

これは本音だ。フィナやノアのドレス姿は楽しみだ。

「うぅ、ユナお姉ちゃんはドレスは着ないんですか？」

「着ないよ。わたしが着ても似合わないからね」

わたしがドレスなんて着ても、豚に真珠、猫に小判だ。

「そんなことないです。ユナお姉ちゃんのドレス姿は綺麗だと思います」

お世辞でもそんなことを言われると嬉しい。

でも、フィナはわたしにドレスを着させようとしているのかもしれない。

わたしはこれ以上ドレスの話になるのは困るので、得意技の話を逸《そ》らすことにする。

「そういえば、フィナはミサへのプレゼントをどうする？」

「そ、そうです。ユナお姉ちゃん。誕生日プレゼントどうしよう」

わたしの言葉に思いのほか、反応する。

「ノア様にプレゼントのことを尋ねたら、わたしからの贈り物だったら、なんでも喜んでくれるよって言われたけど。でも、わたしはミサ様が喜んでくれそうなプレゼントなんて、思いつかないし。ウルフの毛皮じゃダメだよね」

フィナはドレスの話は忘れて、困った顔をする。

「ふふ」

あまりにも想像どおりにフィナが困る姿を見ていたら、微笑《ほほえ》んでしまった。

「どうして、笑うんですか？」

「いや、なんでもないよ。それじゃ、一緒にプレゼントを用意しようか」

「一緒にですか？」

「ケーキとくまゆるとくまきゅうのぬいぐるみをプレゼントしようと思っているんだけど、一緒にどうかな。ケーキなら、２人で作れるし、ぬいぐるみはくまゆるぬいぐるみとくまきゅうぬいぐるみで別々にプレゼントすればいいし」

「ケーキは分かりますが、くまゆるとくまきゅうのぬいぐるみってなんですか？」

わたしはシェリーにくまゆるとくまきゅうのぬいぐるみを頼んでいることを説明する。

「ケーキもいいですが、くまゆるとくまきゅうのぬいぐるみは絶対にミサ様が喜ぶと思います」

フィナは目を輝かせて、先ほどまでの不安の表情が嘘《うそ》のように、嬉しそうにする。

どうやら、わたしがフィナを見捨てたことは完全に忘れたみたいだ。

「それじゃ、わたしたち2人からのミサへのプレゼントはケーキとクマのぬいぐるみで決まりだね」

わたしの言葉にフィナは少し考え込む。

「ユナお姉ちゃん。そのぬいぐるみの作り方をシェリーちゃんに教わって、自分たちで作れませんか？」

「自分たちで作るの？」

「はい、プレゼントだから、自分で作ってプレゼントしたいです」

その気持ちは分かるけど、わたしたちに作れるかな。訂正しよう。わたしに作れるかな？　あいにく、わたしは裁縫スキルを持ち合わせていない。でも、フィナがやる気になっているのに水を差したくない。

「それじゃ、シェリーのところに行って、聞いてみようか。作れそうだったら、作るってことで」

「はい！」

無事に誕生日プレゼントも決まり、シェリーのところに行こうとすると、わたしたちに向かって大きな袋を持ったシェリーがやってくるのが見えた。

「シェリー？」

「ユナお姉ちゃん。それにフィナちゃんも、もしかしてお出かけですかぁ？」

シェリーは小さく欠伸《あくび》をする。しかも、体が少し左右にふらついている。

「今からシェリーのところに行くつもりだったんだけど。シェリーはどうしてここに？まさか、もうできたの？」

わたしはシェリーが持つ、大きな袋を見る。

「はい。頑張って作りましたぁ～」

シェリーはまた小さく欠伸をする。嬉しそうに言うが、眠そうだ。それに昨日の今日だ。早すぎる。

「もしかして、寝てないの？」

わたしの言葉にシェリーは笑って誤魔化す。

そんなに、睡眠を削ってまで、頑張らないでいいのに。わたしは静かにシェリーの頭の上に手を置く。どうして、そこまで頑張るかな。シェリーはわたしに頭を撫《な》でられて笑顔だけど。目の下にクマができている。

もしかして、クマを作るためにクマを作ったと。

……自分で言っていて寒くなった。

「そんなに急がなくてもよかったんだよ」

「作っていると楽しくなっちゃって」

シェリーは笑顔だけど、顔には疲労感が出ている。

う〜ん。これは寝かせたほうがいいね。

「それじゃ、ユナお姉ちゃん。見てもらえますか？」

抱きかかえるように持っている大きな袋を差し出す。

「ありがとう。でも、その前にベッドを貸すから、寝なさい」

今はぬいぐるみを確認する前にシェリーを寝かせないとダメだ。

「ユナお姉ちゃん。大丈夫だよぉ」

そんな欠伸をしながら言われても全然大丈夫そうには見えない。それに先ほどからふらついている。

「寝なさい！」

今度は強めに言う。

「頑張って作ってくれるのは嬉しいけど。無理してまで作ってほしいとは思わないよ」

「ユナお姉ちゃん……ごめんなさい」

シェリーは素直に謝る。

「あとでちゃんと見せてもらうから、今は寝て休みなさい。シェリーがしっかり寝ないと見ないよ」

わたしは大きな袋を受け取ると、シェリーを部屋に連れていき、ベッドに寝かしつける。

シェリーはベッドに入ると、すぐに寝息をたてる。やっぱり、無理をしていたみたいだ。

「シェリーちゃん、寝ちゃいましたね」

「どうして、そこまで頑張るかな」

そんな言葉が出る。

ぬいぐるみ作りが楽しかったのはシェリーの顔を見れば分かる。いやいや作っているようには見えない。だからといって睡眠時間を削ってまで作るのはダメだ。

「みんな、ユナお姉ちゃんの役に立ちたいんですよ」

「わたしの？」

「ユナお姉ちゃんは孤児院のみんなにとって、恩人であり、尊敬する人だから。みんな、ユナお姉ちゃんの役に立てるのが嬉しいんだと思います」

でも、無茶をされるのは困る。

それに、わたしは恩人でも尊敬されるような人物でもない。ただ、好きなようにしているだけだ。

孤児院に仕事を与えたのだって、たまたまコケッコウの卵を見つけたからだけだし、お店の仕事も人が足りないからお願いしただけだ。

だから、感謝されるようなことはなにもない。しいて言うならギブアンドテイクだ。

「ユナお姉ちゃん。どうしますか？」

シェリーが寝ているので、ぬいぐるみの確認はできない。

「それじゃ、先にケーキでも作ろうか」

「今からですか？」

「わたしのアイテム袋に入れておけば、傷むことはないからね。先に作っておいても問題はないよ」

ぬいぐるみ作りに、どれだけ時間がかかるか分からない。なら、時間があるときにケーキを作っておいたほうがいい。

シェリーが起きるまで、わたしとフィナの2人で誕生日ケーキ作りを始める。

作るのは定番のイチゴのショートケーキだ。違うところは2段ってところぐらいかな。

参加人数が分からないから、ケーキの数は、多めに作る。最悪、足りなかったら、クマボックスに入っているケーキを出せばいい。

やがてテーブルの上にたくさんのケーキができあがった。1つだけ豪華なケーキがある。

これがミサにプレゼントするケーキだ。

「ユナお姉ちゃん。わたしが書くんですか？」

「うん、フィナが書いて」

最後の『たんじょうびおめでとう』と書く役目はフィナに譲ることにする。

「うう、緊張します」

「失敗しても大丈夫だから、ぱぱっと書いちゃって」

「わ、分かりました」

フィナは深呼吸をすると、イチゴの色をしたイチゴのクリームで文字を書き始める。

ゆっくりと丁寧に一文字ずつ書いていく。

「で、できました」

フィナは止めていた息を一気に吐く。

「完成だね」

ピンク色の文字で『たんじょうびおめでとう』と書かれている。

「ミサ様に喜んでもらえると嬉しいな」

「大丈夫だよ。頑張って作ったんだから」

「はい」

「それじゃ、傷まないうちにしまっちゃうね」

ケーキをケースに入れて、蓋をしっかり閉めてからクマボックスにしまう。

「ユナお姉ちゃんのクマさんのアイテム袋は不思議です。クマさんのアイテム袋に入れておけば食べ物が腐らないなんて」

「特別製だからね」

効果は感謝しているけど。全ての能力がクマ装備についてるのは納得がいかない。これがわたし自身の能力だったら嬉しかったんだけど。

もっとも、なにも与えられないで異世界に放り込まれるよりはいいから、感謝をしないといけない。

181　クマさん、ぬいぐるみを確認する

ケーキを作り終えたわたしたちはキッチンの片付けを始める。

片付けが終わったころ、シェリーが目をこすりながらキッチンにやってきた。

「ユナお姉ちゃん、フィナちゃん、おはよう」

寝起きのせいか、まだ眠そうにしているけど、顔色はよくなっている。

「ちゃんと寝られた？」

「うん、それで2人はなにをしていたの？」

「ケーキを作っていたんだよ」

ケーキの言葉に、シェリーの顔から眠気が吹き飛ぶ。

ケーキで反応するって、シェリーも女の子だね。

「食べる？」

「いいの!?」

でも、寝起きで食べられるのかな？

シェリーの顔を見ると嬉しそうにしている。うん、食べられそうだね。

「でも、1個だけだよ。院長先生たちが作った夕飯が食べられなくなったら困るからね」

2人を席に座らせると、以前作ったケーキをクマボックスから取り出す。フィナと一緒に作ったケーキはミサの誕生日のプレゼントだからね。

「飲み物は紅茶でいい？」

「はい、大丈夫です」

わたしはララさんに教わった紅茶の淹れ方を実践する。いい香りが漂ってくる。カップに紅茶を注ぎ、2人の前に紅茶を置く。もちろん、砂糖も忘れない。ケーキと紅茶の用意が終わると、みんなで食べ始める。

「あ〜、おいしいです」

「うん、おいしいね」

フィナとシェリーは美味しそうに食べている。ケーキを食べ終わると、ぬいぐるみの話をする。

「それじゃ、見せてくれる？」

「はい」

シェリーは自分の横に置いてある大きな袋からくまゆるとくまきゅうのぬいぐるみを取り出し、テーブルの上に置く。

「か、かわいいです」

フィナがくまゆるのぬいぐるみを抱きかかえる。わたしもくまきゅうのぬいぐるみを抱き寄せる。

「これがくまゆるとくまきゅうのぬいぐるみなんですね。すごくかわいいです」

「この部分が難しかったんですよ」

シェリーはどこが苦労したとか、どう工夫して作ったのかとか、いろいろと楽しそうに説明をしてくれる。本当に刺繍《ししゅう》や裁縫が好きなんだね。

「そういえば、ユナお姉ちゃん。わたしになにか用だったんですか？」

「うん、このぬいぐるみの作り方を教えてくれないかな。今度、知り合いの女の子の誕生日があって、プレゼントしたいの。できれば、フィナと一緒に作ってあげようと思って」

フィナが自分で作りたいと言ったからだ。その気持ちを大切にしてあげる。そのほうがフィナもケーキと同様にプレゼントした気持ちになるはずだ。

「それじゃ、このぬいぐるみは？」

「このぬいぐるみはほかの子にプレゼントするからもらうよ」

シェリーが作ってくれたぬいぐるみはフローラ様にプレゼントするつもりだ。

わたしがくまきゅうのぬいぐるみを見ているとシェリーが何か言いたそうにしている。

「ユ、ユナお姉ちゃん。その、お願いがあるんですが……」

「…………？」

「その……孤児院でぬいぐるみを作っていたら、小さい子たちが欲しそうにしていて。そその、これはユナお姉ちゃんのだからダメだよって言ったんだけど。泣いちゃって、その……あげるって約束しちゃったんです。もちろん、材料代はわたしが払います。すぐに新しいぬいぐるみもちゃんと作ります。だから、その……」

シェリーは言いづらそうに下を向いてしまう。自分だって子供なのに。

「あげていいよ。あと材料代も気にしなくていいよ」

フローラ様のぬいぐるみは急いでいない。それに初めから孤児院の子たちにもプレゼントしようと思っていた。それが早くなるだけだ。

「でも、2個だけで大丈夫なの？」

幼年組の子たちだけにあげるとしても、2個では足りないはずだ。

もし取り合いになれば、ぬいぐるみを引っ張り合った末に、くまゆるとくまきゅうの手や足がちぎれてしまうかもしれない。そんなことになったら、くまゆるとくまきゅうのぬいぐるみが可哀想《かわいそう》だし、作ったシェリーも可哀想だ。

「頑張って作ります！」

なんか、また寝ずに作りそうで心配なんだけど。

「でも、寝ずに作るのはダメだよ」

「……はい」

やっぱり、心配だ。

シェリーに今日はぬいぐるみ作りをしないことを約束させる。

「今日はしっかり休むんだよ。明日眠そうにしていたら、怒るからね」

「……はい」

わたしとフィナは明日からシェリーにぬいぐるみ作りを教わることになった。同時にシェリーが無理をしないか見張るつもりでもある。もし明日もぬいぐるみ作りが進んでいたら、叱《しか》るつもりだ。

シェリーは持ってきたぬいぐるみを、来たときと同じように大きな袋に入れて帰っていく。

「それじゃ、わたしも帰りますね」

「明日から、ぬいぐるみ作りだからね」

「はい」

帰ろうとするフィナを見て思い出す。

「ああ、そうだ。忘れるところだった。フィナ。ティルミナさんに、商業ギルドのランクを上げてもらったって伝えておいてもらえる？」

「ユナお姉ちゃん。ランクが上がったんですか⁉」

「モリンさんやティルミナさん、孤児院のみんなが頑張ってくれたおかげだよ」

孤児院の子供たちのおかげで卵が手に入り、その卵を商業ギルドに売り、さらにプリンやケーキなども作れるようになった。もちろん、モリンさんが作るパンも大人気だし。アンズのお店も大繁盛している。

そしてなによりも、それら全てを管理しているティルミナさん。卵の配分の管理。材料の仕入れから価格の調整。さらには売り上げの管理までしてくれている。

実質的な経営者はティルミナさんといっても過言ではない。そう考えると、もしティルミナさんに辞められたら大変なことになりそうだ。

「フィナ、ティルミナさんに辞めないでって言っておいて」

わたしは真面目な顔でフィナにお願いをする。

「えっと、よく分からないけど。伝えればいいの？」

いきなり意味不明なことを言われたフィナは、首を傾《かし》げながら帰っていった。


翌日、わたしとフィナはシェリーが働く裁縫屋さんに向かう。お店に到着するとお店の準備をしているナールさんとテモカさんに挨拶《あいさつ》する。

「おはようございます。シェリーは来てますか？」

「朝早く来て、奥でぬいぐるみを作っているよ」

シェリーがちゃんと寝たか心配になってくる。わたしはテモカさんに許可をもらい、シェリーがいる奥の部屋に向かう。部屋の中ではシェリーがぬいぐるみを作っていた。

「シェリー、おはよう。約束を守ってちゃんと寝た？」

「はい、寝ました。でも、早く目が覚めちゃって。テモカさんたちが朝ごはんを食べているときにお邪魔しちゃいました」

笑って誤魔化そうとしているかと思ったけど、シェリーの目の下にはクマはない。ちゃんと寝たみたいだね。

「子供たちは喧嘩《けんか》にならなかった?」

「なりそうでした」

そう言って笑うシェリー。

「でも、みんなの分も作るって説明したら、聞き分けてくれました」

「みんな、いい子だね」

「はい!」

本当の妹や弟が褒められたかのようにシェリーは嬉しそうにする。

「それじゃ、シェリー。わたしとフィナにぬいぐるみの作り方を教えてくれるかな」

「シェリーちゃん、お願いします」

わたしたちは椅子に座り、シェリー先生に教わりながら、ぬいぐるみを作ることになった。

「それじゃ、この型紙どおりに布を切ってください」

わたしとフィナはシェリーの指示に従って、型紙のとおりに布を切っていく。型があるから、簡単に作れる。この型を作るのが面倒で難しいのだ。それを一日で作り上げたシェリーは凄《すご》い。

「テモカさんに手伝ってもらいましたから」

それでも凄いと思う。

わたしは慣れない手つきでぬいぐるみ作りをする。クマさんスキルに裁縫はなく、作るのに苦労する。一方、フィナは手慣れた感じで作っている。

「その、洋服を買うお金がなかったから、裁縫はよくしていたんです」

そうだった。父親は亡くなって、母親は病気だった。ゲンツさんが陰から見守っていたのなら、洋服を買ってあげるぐらいの甲斐性《かいしょう》は欲しかったね。


それから、ミサの誕生会に出発するまでにわたしとフィナは1セットずつのぬいぐるみを作り、その内フィナがくまゆるのぬいぐるみを、わたしがくまきゅうのぬいぐるみをプレゼントすることにした。

その間にシェリーはわたしたちの倍作り、合計で4セットのぬいぐるみができ上がった。

初めて自分で作ったわたしのぬいぐるみとフィナのぬいぐるみは片方ずつわたしの部屋に飾ることになり、もう1セットはミサへのプレゼントにする。

「わたしがもらっていいの？」

「はい。やっぱり、くまゆるとくまきゅうは一緒がいいと思います」

「ありがとうね」

わたしはフィナが作ったくまきゅうのぬいぐるみを受け取り、自分で作ったくまゆるのぬいぐるみとともに並べる。

今度、フィナの分を作ってあげないといけないかな？

シェリーが作ったぬいぐるみは孤児院の子供たちにプレゼントされる。

孤児院の幼年組のほとんどの子がぬいぐるみを欲しがったみたいだ。シェリーの話だと、よく泣く子もぬいぐるみを抱かせると泣きやんだりと、寝かしつけるのも楽になったという。ぬいぐるみが役に立っているようなのでなによりだ。

ミサにプレゼントするくまゆるぬいぐるみとくまきゅうぬいぐるみの最後の仕上げに、綺麗《きれい》な赤いリボンを結ぶ。

「これで完成だね」

「はい。ミサ様、喜んでくれるといいですね」

リボンでラッピングしたぬいぐるみをクマボックスにしまう。

部屋の隅で本日の作業を終えたシェリーが休んでいる。

「シェリー、ありがとうね」

「いえ、わたしも楽しかったです。それで、あと何個作ればいいんですか？」

フローラ様に王妃様。それからノアも絶対に欲しがるよね。あとフィナとシュリにもプレゼントしたい。フィナがくまゆるぬいぐるみとくまきゅうぬいぐるみを見て、欲しそうにしていたのは知っている。お礼も含めてプレゼントするのがいい。それから、予備としていくつか欲しいから。適当に計算して……。

「孤児院の子供たちの分以外だと、10セットずつぐらい欲しいかな」

「でも、少しの間出かける予定だから、そんなに急がないでいいからね」

「そんなにですか⁉」

ミサの誕生会が終わってから、まずフローラ様に持っていくつもりだ。

「あと、ナールさんとテモカさんに言っておくから、徹夜禁止だからね」

わたしはシェリーに注意する。また、寝不足になったら困るからね。

「はい、ちゃんと睡眠をとって、頑張ります」

シェリーは力強く返事をする。

本当に分かっているのかな？

182 クマさん、シーリンの街に向けて出発する

ミサの誕生会に出発するため、約束どおりフィナと一緒にクリフのお屋敷にやってきた。

門の前には馬が3頭とクリフ、ノア、護衛の人が2人いた。あれ、馬車がない？

「来たか」

「ユナさん、フィナ、おはようございます！」

わたしとフィナは挨拶《あいさつ》を返す。

「ノアは朝から元気だね」

「もちろんです。くまゆるちゃんたちとお出かけができるんですよ。楽しみでしかたありません」

今から遊園地に行く子供のように目を輝かせている。それだけ、くまゆるとくまきゅうとお出かけをするのが嬉しいってことだろう。でも、そこはミサに会えることを楽しみにしていると言おうよ。ミサが可哀想《かわいそう》だよ。

「それじゃ行くか」

クリフは馬に乗る。

「馬車で行かないの？」

確認のために聞いてみる。

「誰も乗らないなら、必要はないだろう」

馬が3頭。クリフに護衛が2人。必然的にノアが余る。

「ノアがおまえさんのクマに乗るって聞かなくてな。それなら馬車は必要ないってことになった。移動も馬車より速くなるしな」

別にいいんだけど。雨とか降ったらどうするのかな？　まあ、雨宿りをすればいいだけだけど。

「もう一つ、聞いてもいい？」

「なんだ？」

「護衛は2人だけなの？」

前回王都に行くときはクリフの護衛は5人いたはず。

「王都と違って近いから大丈夫だろ。それにおまえさんもいるんだ。本当は護衛なしで行こうとしたんだが、ロンドの奴が、流石《さすが》にそれはダメだと言うから2人だけつけることにした」

「わたし、護衛料もらっていないよ」

「帰ってきたら、ロンドの奴に請求してくれ」

「冗談だよ。いらないよ。その代わりに今後の貸しとしてつけといて」

今後もクリフには迷惑をかけるかもしれない。そのときに返してもらおう。

「初めに言っておくぞ。俺にもできることと、できないことがあるからな」

「そのときは国王に頼むよ」

国王にも貸しがあるからね。

「なに怖いことを言っているんだ。でも、おまえだと本当にしそうだから恐ろしいな。とりあえず、なにか頼みたいことがあったら言ってくれ」

クリフに小さい貸しをつくることに成功する。小さな貸しでも溜《た》まれば大きな貸しになることに気づいていない。

もっとも、お願いすることは今のところはないので、溜めておくだけだけど。


街の外に出たわたしはくまゆるとくまきゅうを召喚する。

一瞬、馬が驚くかなと思ったけど、馬はおとなしくしている。

「あらためて見ても凄《すご》いな」

「くまゆるちゃん！　くまきゅうちゃん！」

召喚のことを知っているフィナとクリフのリアクションが小さい。が、護衛の2人は召喚した瞬間、驚いた顔をしていた。

「ユナさん！　どちらに乗せてもらえるんですか!?　できれば両方とも乗りたいです！」

ノアは1人だけテンションが高い。

「前回同様、交代で乗るよ。初めはくまゆるに乗って。途中で交代するから」

「分かりました！」

「あと、分かっていると思うけど。前回同様にフィナと一緒だからね」

「もちろんです。フィナ！　行きますよ」

ノアはフィナの手を掴《つか》むとくまゆるのところに向かう。

「ノ、ノア様」

くまゆるは2人を乗せると立ち上がる。わたしも遅れないようにくまきゅうに乗る。

「それじゃ、出発するぞ」

護衛2人が前と後ろに分かれて、クリフとわたしたちを挟むように進む。

進むこと数分。分かっていたけど遅い。

馬の速度に合わせて走っているが遅い。馬ってこんなに遅かったんだね。くまゆるとくまきゅうが速いことをあらためて再認識した。

実際のところ、くまゆるとくまきゅうって時速何キロ出ているのかな。こういうとき、車やバイクにあるスピードメーターが欲しくなる。車やバイクである程度運転の経験があるとメーターがなくても、体感で速度が分かるのかな。あいにく、どちらの免許も持っていないわたしは、そんなスキルは持ち合わせていない。

「ノア！　遅くない？」

「そうですか？　確かに少し遅いと思いますが。それだけクマさんたちに乗っていられるので嬉しいですよ」

「ノアはシーリンの街には行ったことあるの？」

シーリンは、ミサが住んでいる街の名前だ。

「シーリンですか。ありますよ」

「どんなところなの？」

「どんなところと言われても、クリモニアとそんなに変わりませんよ。違うところはクマさんのお家がないところですね」

ノアは笑みを浮かべながら答える。

クマハウスはクリモニアと王都、ミリーラの町に3つあるだけだ。


馬のために何度か休憩を挟みながらシーリンの街に向かい。休憩ごとにくまゆるとくまきゅうを乗り換える。平等に扱わないとくまゆるとくまきゅうがいじけるからね。

そして、日が沈みかけたころ、先頭の護衛がクリフのほうを振り返る。

「クリフ様。今日はここまでにしたほうがよろしいかと思います」

「そうだな。今日はここで夜営をする」

護衛の言葉を聞き、クリフがみなにそう言った。

少し早い気もするけど、馬はくまゆるとくまきゅうと違って限界があるし、一日の疲れを取らないといけない。

「お父様。ここで野宿ですか？」

「ああ、あそこに見える森から獣や魔物が出てこないとも限らない」

先を見ると左の方向に森が見える。今から森の横を通り抜けると、夜になるかもしれない。それなら、森の近くを通る前に野営するほうが正しい。

「それに馬車じゃないおかげで、かなり進んだ。無理して進む必要もないからな」

クリフは馬から降りると、馬の手綱を近くの木に結びつける。護衛の2人もクリフと同じことをする。

わたしもくまゆるとくまきゅうから降りて固まっていた体をほぐす。

スピード狂ではない（はずだ）けど、移動速度が遅いため若干のストレスが溜まっている。もっと速度を上げたい気持ちに何度もなった。

「ユナ、確認だが、家は出してくれるのか？」

「家？　ああクマハウスね」

「一応、この2人はおまえさんが家を持ち運びしていることを知っている。もちろん、口外しないように言ってある」

どうやらこの2人は、1万の魔物を討伐したときにクマハウスの存在を知った人たちみたいだ。知っているなら、隠す必要もない。それにクマハウスを使えば柔らかいベッドにお風呂もある。なにより安心して寝られるのが大きい。

「せめて娘だけでもいいんだが」

「お父様、大丈夫です。くまゆるちゃんとくまきゅうちゃんと一緒に寝ますから」

どうやらノアは、前に経験した『クマさんと一緒』が気に入っているらしい。

ノアには悪いけど、わたしとしては野営よりはクマハウスのほうが安心して寝ることができる。

「いいよ。でも、ここじゃ、人が通るかもしれないから。あそこの木が3本立っている場所でいいかな」

ここから少し離れた位置にある木を見る。

「ああ、かまわない」

クリフの了承も得たので、木が3本ある場所に移動して、木の陰になるようにクマハウスを取り出す。夜になれば目立たないはず。護衛とクリフは馬の手綱を近くの木に結び直した。

「ブラックバイパーが入るんだから、このぐらいは入ると思うが、出てくる瞬間を見ると驚くな」

「うぅ、わたしは野宿でもよかったのに。くまゆるちゃんとくまきゅうちゃんと一緒に眠りたかったです」

ノアがクマハウスを見て残念そうに呟《つぶや》く。

「ノア、大丈夫だよ。くまゆるとくまきゅうは護衛として召喚したままにしておくから、一緒に寝られるよ」

「本当ですか！」

わたしは頷《うなず》く。

「ユナお姉ちゃん。わたしも一緒に寝たいです」

「それじゃ、3人で寝ようか」

「いいんですか」

フィナが嬉しそうに返事をする。わたしはくまゆるとくまきゅうを子熊化する。

護衛の2人は子熊のことは知らなかったので驚きの表情を浮かべていた。

「それじゃ、疲れているでしょう。中に入って休んで」

わたしたちはクマハウスに入ろうとするが、護衛の2人は玄関の前で立ち止まる。

「それでは我々は外で見張りをしていますので」

護衛の2人がそんなことを言い出す。護衛が仕事だとしても、私たちだけ家の中に入って、2人を外で寝かすのは気が引ける。

「この子たちがいれば魔物や人が近寄ってきたら分かるから、見張りはいらないよ」

わたしは足元にいる子熊化したくまゆるとくまきゅうを指す。護衛の2人はくまゆるとくまきゅうを見てから、お互いの顔を見る。

「「………」」

そして、最後にクリフのほうを見る2人。

「ユナ、いいのか。こいつらなら外で見張りをさせるが」

「いいよ。その代わり、昼間はしっかり仕事をしてね」

移動が単調だから、明日はわたしもくまゆるとくまきゅうの上で寝てしまうかもしれない。

「おまえたちもそれでいいな」

その言葉で護衛の2人は頷き、お礼を言う。

「ユナ殿、ありがとうございます」

183　クマさん、クマハウスで休む

「お邪魔します～」

クマハウスに何度か来たことがあるフィナとノアは普通の家に入る感覚で入っていく。

「この家に入るのも、王都でとんでもない話を聞いたとき以来だな」

そういえばクリフもクマハウスに入ったことはあるんだよね。フィナとノアに続いてクリフと護衛の2人が入ってくる。

「お父様も、このお家に入ったことがあるんですか？」

「ああ、一度だけな」

クリフがノアに説明している後ろでは、護衛の人がどうしたらいいか分からないようで動かない。

「とりあえず、食事の準備をするからみんなは適当に座って待っていて」

「一応、食べ物は用意してきているぞ」

「みんな、疲れているでしょう。温かいものを用意するよ」

「ユナお姉ちゃん、手伝います」

「わたしも」

フィナとノアが手伝いを申し出てくれる。手伝いが必要なほど大変じゃないけど、2人の気持ちを受け取って手伝ってもらうことにする。

「それじゃ、ユナの好意に甘えるとしよう。おまえたちも休んでいいぞ」

「本当によろしいのでしょうか？」

護衛の2人は不安そうに部屋を見回しながら尋ねる。野宿よりも安全なのに、なにが不安なんだろうね。でも、いつまでもデッカイ図体で立っていられると邪魔以外の何物でもない。

「立っていられると邪魔だから、座っていて」

心の中で思っていることを口に出す。

「だそうだ」

護衛の2人はお互いに顔を見合わせてから椅子に座る。おとなしく座ったのを見て、わたしは隣のキッチンに移動する。

「それじゃ、人数分の食器をお願いしていい？」

フィナとノアに指示を出して、わたしはモリンさんが焼いてくれたパンとアンズが作ってくれた野菜スープをクマボックスから取り出す。

うん、できたてで美味《おい》しそうだね。クマボックスに感謝して、それぞれのお皿に分ける。

「それじゃ、運んでもらえる？」

フィナとノアは手分けして料理がのったお皿を運んでいく。わたしは最後に飲み物を用意して夕食の準備を終える。

こんなもんでいいかな？

あとはお代わり分を用意してクリフたちがいる部屋に戻る。

「ユナ、感謝する」

「ありがとうございます」

クリフと護衛の2人がお礼を言う。

「いいよ。さあ、おなかが空いたから早く食べよう」

全員が席に着いたところで夕飯を食べ始める。流石《さすが》モリンさんの作るパンは美味しいね。もちろん、アンズが作ったスープも美味しい。明日はご飯にしようかな。お米を食べるならお肉が食べたい。だけど、肉料理あったかな？

「まさか、移動中にこんな食事が食べられるとはな」

明日の献立を考えていると、クリフがそんなことを言いだす。

「ユナさん、美味しいです」

美味しそうに食べるノア。

「お代わりなら、まだあるから言ってね」

「はい。それじゃ、スープのお代わりをもらえますか？」

わたしはスープをノアのお皿に入れてあげる。その様子を見ていた護衛の1人がわたしのほうを見ている。

「その、ユナ殿。パンのお代わりをいただけるでしょうか？　凄《すご》く美味しいので」

「それなら自分も」

護衛の2人が恥ずかしそうに言ってくる。モリンさんのパンは美味しいからね。わたしは護衛の2人にパンを出してあげる。

「ユナお姉ちゃん。わたしもスープのお代わりいいですか？」

「うん。フィナもたくさん食べないとわたしみたいに大きくなれないからね」

わたしがそう言った瞬間、周りの空気が変わったような気がした。変な空気だ。なにか、変なこと言った？

その空気のなか、フィナが口を開く。

「う、うん。わたし、たくさん食べて、ユナお姉ちゃんみたいに大きくなるよ」

「なら、パンも食べないとね」

スープだけじゃなく、パンのお代わりもお皿にのせてあげる。

「ユ、ユナお姉ちゃん。ありがとう」

「みんな、お代わりは？」

「ああ、もらおうか」

「ではスープを」

変な空気もなくなり、全員がお代わりをする。そして、食後の休憩をしていると、年齢の低い2人が眠そうにしている。

「おなかがいっぱいになったら、眠くなってきました」

「はい」

「2人ともちゃんとお風呂に入ってから寝るんだよ」

「は〜い」

「はい」

2人は眠そうに返事をする。

以前にもクマハウスでお風呂に入っていたため、2人はすんなりとお風呂を受け入れて変に思わずにいる。でも、その会話を不思議に思う人物がいた。

「風呂があるのか?」

クリフが問いかけてくる。

「家なんだから、普通あるでしょう?」

「いや、確かにあるが、これは違うだろう?」

クリフは同意を求めるために周りを見る。

「お父様、家にはお風呂があるものですよ」

ノアが父親の言葉に反論する。それに対してフィナも頷《うなず》いている。でも、反対側にいる護衛の2人は微妙な顔をしている。

「それにお風呂に入らないと一日の疲れが取れないでしょう」

「そうだが……」

「順番だけど、3人は最後だからね」

「俺たちも入るのか!?」

「あたりまえでしょう。一日馬に乗って汗をかいているのに、そんな状態で布団に入られたら困るよ」

誰がシーツを洗ったり、布団を干したりしていると思っているのよ。

「布団……」

「ここは街道の外れのなにもない場所だよな」

「なのに、美味しい食事にお風呂に布団」

クリフの布団って言葉に反応して、護衛の2人がなにかボソボソと呟《つぶや》いている。

「それじゃ、わたしが食器を片づけている間に、2人とも一緒にお風呂に入っておいで」

「え〜、ユナさんも一緒に入りましょうよ」

「でも、片づけがあるし」

流石に汚れた食器をこのままにして、お風呂には入れない。

「ユナ殿、食器の片づけなら我々にさせてもらえないでしょうか。なにもしていないのは流石に……」

護衛の2人が食器の片づけを申し出てくれる。まあ、わたしは助かるし、それで2人の気が済むならいいかな。

わたしはお言葉に甘えて、片づけを頼み、フィナとノアと一緒にお風呂に入ることにする。

「ああ、そうだ。冷蔵庫に入っている飲み物は自由に飲んでいいからね」

部屋に残る3人に伝えると、フィナとノアを連れて風呂場に向かう。その後ろからくまゆるとくまきゅうもついてくる。

風呂場の入り口まで来ると、くまゆるとくまきゅうに見張りを頼む。

「来ないと思うけど、誰かが来たら捕まえてね」

くまゆるとくまきゅうは「くぅ～ん」と小さく鳴いて返事をしてくれる。

「くまゆるちゃんとくまきゅうちゃんは入らないんですか？」

「入らないよ。くまゆるとくまきゅうには見張りをしてもらうからね」

あの3人が覗《のぞ》きに来るとは思わないけど、念のために見張りをお願いする。

「残念です」

「ほら、いいから入るよ」

ノアとフィナを連れて脱衣場に入る。わたしはクマの着ぐるみを脱ぐ。そんなわたしのことをノアとフィナが見ている。

「ユナさんって、クマさんの格好のせいで分からないけど、綺麗《きれい》ですよね」

「はい。長い髪とかすごく綺麗です」

「ありがとう。2人も可愛《かわい》いよ」

お世辞を言う2人の背中を押して、風呂場に入る。わたしより2人のほうが可愛い。

「ユナさん、体洗うの手伝います」

「わたしも」

わたしは2人の好意に甘え、背中を洗ってもらう。背中を洗ってもらうのは恥ずかしいけど、気持ちいいね。わたしもお返しに、2人の背中を洗ってあげる。

体を洗い終えたわたしたちは湯船に浸かる。やっぱり、日本人としては湯船に入らないと一日が終わらない。ただ、騒ぐ2人のせいでのんびりと入浴はできなかった。

お風呂から上がったわたしたちはクリフのところに向かう。

「お風呂が空いたから入っていいよ」

「なんだ。その格好は？」

格好？

ああ、着替えて、今は白クマだね。

「寝るからね」

「おまえ、寝るときもクマなのか？」

「そうだよ」

「白クマ姿も可愛いです」

「ノアの寝間着も可愛いよ。もちろん、フィナもね」

「ありがとうございます」

そんな褒め合うわたしたちをクリフは呆《あき》れ顔で見ている。

「なんだろう。俺たち移動中だよな。ここは街道だよな？」

「お父様。なにを言っているんですか。ボケたのですか？」

「ボケていないわ。ただ、常識とはなんだろう、と思っただけだ」

まるで、わたしたちが常識がないみたいに言ってくる。

「ああ、そうだ。クリフ、お風呂に入る前に部屋割り決めてもらっていい？」

「風呂があるんだから、部屋もあるよな」

なにを当たり前のことを。

「2階に3部屋あるよ。手前の部屋はわたしの部屋だけど、フィナとノアと一緒に使うから。クリフたちは残りの部屋を使って」

「いいのか？」

「クリフが1人で使ってもいいし、護衛の人と一緒に使ってもいいよ。そっちで勝手に決めて」

「分かった。感謝する」

「クリフ様、我々はここでも」

護衛の2人は食事をした居間で寝るつもりみたいだ。

「こんなところで寝られると邪魔だよ。部屋があるんだから、そっちで寝て」

わたしの一言で黙る護衛2人。

「それじゃ、わたしたち寝るから、お風呂に入ったら明かりは消しておいてね」

「ああ、分かった。それじゃ、ありがたく使わせてもらおう」

クリフは返事をしてお風呂場に向かう。わたしは部屋に向かう。その後ろをくまゆるとくまきゅうを抱いているフィナとノアがついてくる。

わたしの部屋のベッドはほかの部屋のベッドと違って大きい。子熊化したとはいえ、それなりに大きさがあるくまゆるとくまきゅうと一緒に寝るためだ。でも、5人で寝るのは狭いかもしれない。

「ユナお姉ちゃん。みんなで寝るには狭くありませんか？」

「大丈夫だよ」

わたしはベッドの近くにあるテーブルと椅子をクマボックスにしまい、部屋にあるベッドと同じベッドをクマボックスから取り出す。

ベッドをくっつければ2倍の大きさになる。

「これで大丈夫でしょう」

「広いです！」

くまきゅうを抱いたままベッドに倒れこむノア。同じように、くまゆるを抱いてベッドに倒れるフィナ。

「ほら、明日も早いんだから寝るよ」

「は～い。くまきゅうちゃん、一緒に寝ようね」

ノアはくまきゅうを抱きしめる。フィナはくまゆるを連れて布団に潜り込む。2人とも寝相は大丈夫だよね。まあ、フィナたちに強く抱き締められても、くまゆるとくまきゅうならなんともないと思うけど。

「それじゃ、明かりを消すよ」

「はい。ユナお姉ちゃん、おやすみなさい」

「ユナさん。おやすみなさい」

「2人ともおやすみ」

明かりを消してしばらくすると、すぐに寝息が聞こえてきた。わたしも寝ることにする。

184　クマさん、困っている馬車を助ける

寝たのが早かったためか、誰にも起こされずに目が覚める。目をこすり、窓を見ると空が微《かす》かに明るく、日が昇り始めている。欠伸《あくび》をして起き上がると、フィナがベッドの上にチョコンとくまゆるを抱いて女の子座りをしていた。

「ユナお姉ちゃん。おはようございます」

「おはよう。起きるの早いね」

「わたしも今、目が覚めたばかりです。ねえ、くまゆる」

話を振られたくまゆるは「くぅ～ん」と小さく鳴いて返事をする。

でも、眠そうにしていないってことは、フィナはもっと前から起きていたかも。それに引き換え、もう一人の同い年の女の子は気持ちよさそうにくまきゅうをしっかり抱きかかえて寝ている。綺麗《きれい》な長い金髪がくまきゅうの顔に覆《おお》い被《かぶ》さっている。大丈夫だと思うけど、くまきゅうが少し心配になったので、ノアの金色の髪を払い退《の》けるとくまきゅうの顔が覗《のぞ》く。くまきゅうも目を閉じて、気持ちよさそうに寝ている。そんなくまきゅうの頭を撫《な》でてあげると目が開く。

「もう少し寝かせてあげてね」

「うぅ、くまきゅう、くまゆる……」

ノアが寝言を言ってくまきゅうを抱き締める。そんなノアの頭を撫でて、ベッドから降りる。

「それじゃ、わたしは朝食の準備をしてくるね」

「わたしも手伝います」

「1人で大丈夫だよ。フィナはしばらくしたらノアを起こしてあげて」

わたしは黒クマの着ぐるみに着替えて1階に下りる。

うん？　人の気配がする。

1階に下りるとクリフが1人で椅子に座っている。護衛の2人の姿は見えない。

「ユナか」

「早いね」

「あまりよく寝られなかったからな」

「布団、寝心地悪かった？　ちゃんと新しいシーツにして、布団も干しておいたんだけど。もしかして、高級な布団じゃないから寝られんってこと？」

「違うわ。街道の真ん中に家を出されて、そこで寝ろと言われても落ち着かなかっただけだ」

なんか、理不尽な言い分なんだけど。

「出せって言ったのクリフじゃない」

「確かにそうだが、娘のためと思ったからだ。まさか、こんなに落ち着かないとは思わなかった」

わたしは外で野宿するほうが落ち着かないと思うんだけど。もしくまゆるとくまきゅうがいなかったら、野宿は怖くてできないね。

「護衛の2人は寝ているの？」

部屋にはクリフしかいない。主人が起きているのに護衛が寝ているのかな？

「2人は仕事をしている」

「仕事？」

ちゃんと起きて仕事をしているらしい。

「グージュは馬の世話。ラーボンは風呂掃除をしている」

名前を言われてもどっちがどっちか分からない。

「馬の世話に風呂掃除？」

「風呂掃除は昨日の食事とお風呂の礼だと言っていた」

「クリフの指示じゃないんだ」

「ああ、あいつらが俺に頼んできたから許可した。迷惑だったか？」

「そんなことないよ。助かるよ」

そんな話をしていると、護衛の1人が部屋に入ってきた。

えっと、どっちだっけ？

風呂場のほうから来たから……。

「クリフ様、お風呂掃除終わりました」

「ご苦労」

「ユナ殿。昨日はありがとうございました。お風呂も布団も気持ちよかったです」

護衛の人はクリフと違って寝られたみたいだ。

「なら、よかったよ。クリフには不評だったみたいだから」

「誰もそんなことを言っていないだろう。落ち着かなかっただけだ」

同じような意味じゃない？

「風呂掃除ありがとうね」

「いえ、使わせていただいたお礼です」

敬礼をするかのように背筋を伸ばして礼を述べる。

「そういえばノアはどうした。一緒に寝たんだろう？」

「まだ、寝ているよ。朝食の準備ができたら起こす予定だよ」

「なんなら、俺が起こしてきてやろうか？」

「フィナに頼んだから大丈夫だよ。それじゃ、わたしは朝食の準備をしてくるからクリフはおとなしくしていて」

「クリフ様、わたしはグージュの手伝いをしてきます」

風呂掃除をした護衛は外で馬の世話をしているもう一人の護衛のところに向かう。

わたしはキッチンで簡単な朝食の準備をする。できあがった朝食をテーブルに並べ始めたところ、2階からフィナとノアがタイミングを計ったかのように下りてきた。

「ユナさん、お父様。おはようございます」

挨拶するノアの腕の中にはくまきゅうが抱きかかえられている。フィナの腕の中にはくまゆるがいる。

「ああ、おはよう」

「ノア、おはよう。フィナ、朝食ができたから、外に行って護衛の人を呼んでもらえる？」

「はい。分かりました」

フィナは返事をすると外に向かい、わたしはその間に残りの朝食をテーブルに並べる。並べ終わるころにフィナが護衛の人を連れて戻ってきた。フィナとノアは食事のときは、くまゆるとくまきゅうを床に下ろす。

「クリフ、あとどのくらいで着くの？」

シーリンまでの距離が全然分からないので尋ねてみる。わたしのクマの地図には行ったことがある場所しか表示されない。だから、クマの地図を開いても進む先は真っ黒だ。もし時間がかかるようだったら、高級毛皮の上で昼寝をするつもりだ。

「昨日でかなり進んだからな。あの森が見えるってことは、今日の夕刻前には着く」

朝食を終えたわたしたちは、シーリンの街に向けて出発する。

途中で馬の休憩を挟みながら進む。何度か人とすれ違ったりするたびに、くまゆるとくまきゅうを見て驚かれたりしたが平穏無事に進んでいる。

クマの探知で確認するが魔物はいなくて平和なものだ。

昼食を食べ終えてしばらくすると小腹が空いたので、おやつのポテチをくまゆるの上で食べることにする。ノアとフィナも食べたそうにしていたので分けてあげる。

こぼさないように、気をつけて食べるように注意する。でも、わたしが下を見るとくまゆるの背中の上にポテチの食べこぼしがあったので、気づかれないように欠けらを払っておく。

くまゆるがなに？　って感じに後ろを振り向くが「なんでもないよ」と誤魔化しておく。

塩味のポテチを食べたせいで喉が渇く。果汁を出して飲もうとするがコップだと揺れるので飲みにくい。う～ん、今度水筒でも買ったほうがいいかな。

クリフとかは革袋みたいなものに水を入れて、馬に走りながらも飲んでいる。フィナとノアのほうを見ると、２人もちゃんと用意をしている。

今度、わたしも用意しないといけないね。

シーリンに向かって走っていると、先頭を行く護衛が止まるように指示を出してきた。

前を見ると馬車が停《と》まっている。

「お父様、馬車が停まってます」

「ああ、停まっているな」

「どうして、停まっているのでしょうか？」

「さあな、馬車が壊れたか。もしくは違う理由なのか」

違う理由？

「クリフ様、わたしが見てまいりますのでお待ちになってください」

「気をつけろよ」

護衛の1人が馬車に向けて馬を走らせる。

「クリフ。どういうこと？」

「一応用心のためだ。馬車の故障と思わせて、近寄ったところを馬車の中から盗賊が出てきて襲われる可能性もある」

流石《さすが》異世界。そんなこともあるんだね。わたしも今後は気をつけよう。もっとも盗賊ぐらい、不意討ちをかけられたとしても大丈夫だけど。そのとき、わたし1人とは限らないしね。用心に越したことはない。

護衛が馬車に近づくと馬車の後ろから人が出てきた。子供もいるね。なにか話し合っているようだ。

しばらくして、護衛の人が戻ってくる。

「クリフ様」

「どうだった?」

「馬車の車輪が轍《わだち》にはまって動かないそうです」

どうやら、盗賊の類いではないみたいだ。

「おまえたちが手伝って、どうにかなりそうか?」

「やってみないと分かりません」

「なら、とりあえず、やってみてからだな」

わたしたちは馬車に向かう。

馬車には20代くらいの男性と女性。女性に抱かれた赤ちゃん。その周りにフローラ様と同じぐらいの女の子がいる。どう見ても、普通の家族だね。

家族はわたしやくまゆる、くまきゅうを見て驚くが、クリフを見てさらに驚く。

「これはクリフ様、道を塞《ふさ》いで申し訳ありません」

男性が頭を下げ、後ろにいる女性も頭を下げる。女の子はわたしのほうを見ながら母親に抱きついている。わたしが手を振ると母親の後ろに隠れてしまう。

わたしは怖くないよ。

「俺を知っているのか?」

「あ、はい。わたしどもはクリモニアに住んでいますので。クリフ様のことは何度かお見かけしたことがあります」

それじゃ、わたしのことも知っているのかな?

「馬車の車輪が轍にはまったと聞いたが」

「あ、はい。運が悪くちょうど轍にはまってしまい、動けなくなりました。ご迷惑をおかけします。道を開けることはできませんが、横を通ってもらえると助かります」

「ラーボン！　グージュ！」

クリフが護衛の2人を呼ぶ。

2人は轍にはまっている車輪に向かう。

「クリフ様？」

「ご主人。できるか分からないが手を貸そう」

「そんな、クリフ様のお手を借りるわけには」

「ほかに当てがあるのか？」

「いえ、それは……」

「男4人でやればなんとかなるだろう」

「クリフ様はお待ちください。まずは我々、3人でやってみます」

流石に貴族であるクリフに手伝わせるわけにはいかないと思った護衛が進言する。確かに、車輪を持ち上げる貴族なんて、漫画や小説でも見たことがない。

「その、よろしくお願いします」

ご主人は頭を下げ、3人は車輪に手をかける。だが、3人が力を入れても馬車は持ち上がらない。

もしかして、ここはわたしの出番？

でも、大の大人が3人でできないことを、か弱いわたしが1人で持ち上げたら変だよね。クマ力《ぢから》とか言われてバカにされそう。

「俺も手伝うぞ」

「いえ、クリフ様に手伝ってもらうわけには」

男性は断る。

まあ、常識的に貴族であるクリフに車輪を持ち上げさせるわけにはいかないよね。

「気にするな。おまえが俺の街の住人なら、救うのも俺の役目だ」

「クリフ様……」

男性は貴族であるクリフの申し出を何度も断れない。そんなクリフの好意が一般人の胃に穴をあける行動とは思っていないみたいだ。クリフにやらせるのも面白いけど、やっぱりわたしの出番かな。男性の家族が可哀想《かわいそう》だし。

「わたしがやろうか？」

「おまえがか？」

「うん」

わたしは頷《うなず》くと土魔法を使って、轍の溝を浮かび上がらせる。必然的に車輪も浮かび上がる。

轍も埋まって一石二鳥だ。次に来る馬車も安全に通ることができるだろう。

えっ、手で持ち上げる？　魔法があるのにそんなバカなことしないよ。そんなことしたら変な目で見られるでしょう。

「おまえな。そんなことができるなら初めに言ってくれ」

「ここはクリフが領主として、格好よく対処するのかな～と思ったから」

「俺はおまえと違って一般人だ」

いや、クリフは一般人じゃなく、貴族様でしょう。

「あのう、ありがとうございます」

「くまさん、ありがとう」

男性に礼を言われ、女性の後ろに隠れていた女の子も父親の真似をしてお礼を言う。女の子はわたしをジッと見ている。

「怖くないから大丈夫だよ」

「うん。知ってる」

「娘はあなたのファンなんですよ」

「ファン？」

「街であなたを見かけて、くまさん、くまさん、って何度も嬉しそうにしてました」

そうなの？

さっきから母親の後ろに隠れてわたしを見ているから、怖がっているのかと思ったよ。

「でも、なんでこんなところにいたんだ？　商人には見えないが」

「シーリンに母がいるんです。それで、つい先日男の子が生まれたので、顔を見せに行った、その帰りだったんです」

男性が、女性が抱く赤ちゃんの頭を撫でる。

「そうか、元気に育つといいな。子育ては大変だと思うが頑張れよ。それじゃ、俺たちは行くから、おまえたちも気をつけて帰るんだぞ」

「はい。このたびはありがとうございました。助かりました」

「助けたのはこのクマだ」

「大したことはしていないから気にしないでいいよ。でも、子供も赤ちゃんもいるんだから、気をつけて帰ってね」

「はい」

別れの挨拶《あいさつ》も終え、馬車が動きだすのを確認してから、わたしたちはシーリンの街に向けて出発する。

185 クマさん、シーリンに到着する

馬車を救い、夕暮れになる前にシーリンの街が見えてきた。門構えはクリモニアに似ている。

「クリフ、ちょっと待って」

わたしはクリフに声をかける。

「どうした？」

「このまま行くと驚かれるから、くまきゅうたちを戻してもいい？」

そろそろ、門からこちらが見える距離になる。まだ遠いから、わたしが乗っているのがクマと判別はできないはずだけど、これ以上近づくとクマだと気づかれるかもしれない。なるべく騒がれるようなことはしたくない。

「ああ、確かにそうだな。おまえさんが乗っているのはクマだったな。おとなしいから、すっかり忘れていた」

クリフはくまゆるとくまきゅうを見て頷《うなず》く。

「え～、くまゆるちゃんとお別れですか」

ノアが嫌がるようにくまゆるの首に抱きつく。後ろに座っていたフィナは素直にくまゆるから降りてくれる。

「戻すだけだよ。それにくまゆるとくまきゅうが街の人に怖がられたら可哀想《かわいそう》でしょう。くまゆるとくまきゅうが剣を向けられたり、魔法を放たれたりしたら嫌でしょう」

まあ、ノアやフィナたち子供が乗っていればそんなことをしてくるとは思わないけど、騒がれるのは間違いない。

「うぅ、分かりました。くまゆるちゃん、くまきゅうちゃん。ここまでありがとうね」

ノアはくまゆるから降りて、それぞれの頭を撫《な》でてお礼を言う。

別れの挨拶《あいさつ》が終わると、わたしはくまゆるとくまきゅうを送還する。

ここからは歩いて街まで向かうことになる。クリフがノアを自分の馬に乗せようとしたが、

「ユナさんと一緒に歩きます」

と断られ、クリフは少し落ち込んでいた。しばらく歩くと、門の近くに人が立っているのが見える。

街の入り口では好奇の目を向けられたり、小声で「クマ」って、ささやかれる。わたしは顔が見えなくなるほどクマさんフードを深く被《かぶ》る。

「水晶板に身分証をお願いします」

門を管理している警備兵に言われる。犯罪者じゃなければ問題なく入れる。

クリフ、そして、護衛の2人、ノア、フィナと続き、最後にわたしとなる。わたしはギルドカードを水晶板にかざして何事もなく街の中に入る。

門兵は変なものを見るような目でわたしを見たが、水晶板が赤くならないので、街の中に入ることができる。犯罪者として登録されていると、水晶板は赤くなる。

無事にシーリンの街の中に入ったわたしたちは、さっそくグランさんのお屋敷に向かう。

「…………」

「見られているな」

「見られてますね」

「見られてます」

「みんな、見ています」

「…………」

クリフ、護衛2人、ノア、最後にフィナが呟《つぶや》く。そして、全員がわたしのほうを見る。

「たぶん、クリフとノアが貴族だから、みんな見ているんだね」

護衛をつけて、それなりの格好をしている2人が目立つのはしかたないことだ。わたしだって貴族が歩いていたら、なんだろうって感じで見る。

「違うわ！　みんな、おまえを見ているんだ。そうだよな。おまえさんの格好はクマなんだよな」

額に手を置き、思い出すように言う。

「今さらなによ」

「いや、おまえさんの格好が一般常識から外れていることを忘れていたよ。どうやら、知らないうちに俺はおまえに毒されていたらしい」

酷い言われようだ。

「ユナさんの格好は変じゃありません。可愛《かわい》いから大丈夫です。見ている人もユナさんの格好が可愛いから見ているんですよ」

本心だと思うけど、一生懸命にフォローをしてくれるノア。

まあ、人の視線は今さらだ。わたしはこの着ぐるみ装備を着ていないと、安心してこの世界で暮らせない。

「そんなに目立つのが嫌なら別々に移動する？」

「分かれるなら、わたしはユナさんと一緒に行きます」

「わたしもユナお姉ちゃんと行きます」

ノアとフィナはわたしの服を掴《つか》む。優しい娘たちだね。

「おまえたちだけにしたら、厄介事《やっかいごと》になりそうだから却下だ。だから急いで行くぞ」

急ぐといっても乗り物がないわたしたちは歩くことになるから、限度がある。街の人の視線を集めながらしばらく歩くと、クリフのお屋敷と同等の大きさのお屋敷が見えてくる。

貴族の家ってどこも大きいね。お屋敷の前には男性が2人立っている。

「クリフ・フォシュローゼだ」

「お待ちしておりました。招待状をよろしいでしょうか？」

クリフは招待状を渡す。

「クリフ様と御息女のノアール様ですね。ただいま、案内する者がまいりますので少々お待ちください」

男性の1人がお屋敷に向かう。そして、残った男性がわたしのほうを見る。

「そちらの女の子たちはノアール様の付き添いの方でしょうか？」

男性は怪しむっていうよりも、どのように対応したらよいか困っている感じでわたしを見る。

「2人はミサーナ嬢の誕生会に呼ばれている。娘の友人ってこともあって、一緒に来た」

「ミサーナ様の……招待状があれば確認をさせていただいてもよろしいでしょうか？」

わたしとフィナはそれぞれが招待状を渡す。男性は紹介状に目を通すと、態度を変える。

「これは失礼しました」

男性は背筋を伸ばして謝罪する。

招待状があればお客様になる。平民だろうが冒険者だろうがクマだろうが歓迎されるみたいだ。下手に礼儀を欠いてお客様を怒らせたら、主人であるグランさんやミサに怒られる可能性もある。


そして、まもなくすると、お屋敷からメイドさんがやってきた。

「クリフ様、お待たせしました」

メイドさんは礼儀正しく、頭を下げてクリフに挨拶をする。年齢は20歳前後の茶色の髪をした綺麗《きれい》な人だ。ララさんもそうだけど、メイドさんは顔で選ばれるのかな？　美人率が高いんだけど。

「メーシュン、久しぶりだな」

「はい、クリフ様もお元気そうでなによりです。ノアール様も大きくなられましたね」

「はい、背も伸びました」

どうやら、このメイドさんは知り合いらしい。メーシュンと呼ばれたメイドさんはクリフとノアに挨拶するとわたしのほうを見る。

「ユナ様にフィナ様ですね。お待ちしておりました」

「わたしたちのことも知っているの？」

わたしとフィナを見て、名前が出てくるとは思わなかった。

「はい。ミサーナ様とグラン様より、話を承っております」

そう言って微笑《ほほえ》むメーシュンさん。どんな話か気になるけど、ミサとグランさんと一緒にいた時間は短い。そんな変なことはしていないはずだ。

「それではお部屋にご案内いたします」

「グラン爺《じい》さんに挨拶はできるか？」

歩きだすメーシュンさんにクリフは尋ねる。

「申し訳ありません。今はほかのお客様とご挨拶をなさっていますので、すぐには……」

「時間が空いたらでいい。伝えておいてくれ」

「はい。かしこまりました」

それからメーシュンさんはわたしたちが泊まる部屋に案内してくれる。

「それではクリフ様とノアール様はこちらのお部屋をお使いください」

「え〜、お父様と一緒なんですか？」

「はい。隣の部屋をユナ様とフィナ様にご用意しています。護衛の方は離れの部屋になります」

「わたしもユナさんとフィナと一緒の部屋がいいです」

ノアはわたしとフィナの腕を掴む。

「ですが、部屋にはベッドが2つしかありませんから」

「フィナと一緒に寝るから大丈夫。フィナもいいでしょう？」

「わたしは床でも……」

「そんなことさせません。一緒に寝ましょう」

小さく頬《ほお》を膨らませてから、フィナの手を握る。

「はい。ノア様がよろしければ」

メーシュンさんは困ったようにクリフを見る。

「メーシュンすまない。ノアの言うとおりにしてやってくれ」

「分かりました。では、こちらの部屋はクリフ様がお使いください。隣の部屋はユナ様、フィナ様、そしてノア様の3人でお使いください」

「ありがとう」

「それでは夕食まで部屋でお休みになってください」

わたし、フィナ、ノアの3人で部屋を使うことになった。

「それでは、お付きの方は別室に案内させてもらいます。こちらへどうぞ」

メーシュンさんに連れていかれる護衛の2人。

「それじゃ、ユナ、フィナ。娘を頼む。わがままを言ったら、引き取るから言ってくれ」

「お、お父様。酷《ひど》いです。わたし、わがままなんて言いません」

部屋割りについて、わがままを言ったことを忘れたのかな？

「ユナさん。早く部屋に入りましょう」

ノアはクリフから逃げるように、わたしの手を摑んで、部屋の中に入る。

「あ～、疲れました～」

ノアが部屋に入って早々にベッドに倒れ込む。お嬢様なんだから、もう少しちゃんとしないと。

「ユナお姉ちゃん。本当にわたし、ここにいてもいいのかな？」

フィナがどうしたらいいのか分からず部屋の真ん中で困っている。

「それを言ったらわたしもだよ」

平民の女の子に冒険者のわたし。どちらも貴族のパーティーに参加ができるような身分ではない。フィナ同様、参加しなくていいなら参加はしない派だ。

「ユナお姉ちゃん。気が重くなってきました」

フィナはおなかを触る。その気持ちは分かるよ。

「まあ、わたしたちはグランさんのパーティーには参加しないから、それほど気を張らなくてもいいんじゃないかな」

わたしたちが参加するのはミサのパーティーだけだ。それにミサのパーティーは身内だけって話だから、それほど気を使わなくてもいいはずだ。

「ズルいです。ユナさんもフィナもグランお祖父さまのパーティーにも参加しましょうよ」

「そんなこと言われてもグランさんからは招待状をもらっていないし。しかも、ミサのパーティーと違って、グランさんのパーティーはいろんな人が集まるんでしょう?」

想像しただけで、参加はしたくない。

「わたしも参加したくないです」

フィナがわたしの言葉に続く。

「うう、フィナまで……」

ノアは頬を膨らませてふてくされる。

186　クマさん、街を散策する

フィナがノアを慰めているとドアがノックされる。部屋を覗《のぞ》き込むように入ってきたのはミサだった。

「ノアお姉さま！」

「ミサ！」

2人は抱き合って再会を喜ぶ。

「それにユナお姉さまにフィナちゃんも来てくれたんですね。嬉しいです」

「招待してくれて、ありがとうね」

この笑顔を見ると本当は断りたかったとは言えない。

「ミサ様、このたびは……」

「そんな挨拶《あいさつ》はいいですよ」

フィナが一生懸命に挨拶しようとしたがミサは遮《さえぎ》る。

「だって、みんなお祖父《じい》さまのパーティーに来たのに、わたしのところにまで挨拶に来るんです。もう、疲れました」

貴族の身分も大変みたいだね。しがない冒険者でよかったよ。

「もしかして、それで逃げてきたの？」

「はい。メーシュンから、ノアお姉さまたちがいらっしゃったって聞きまして、部屋を脱け出してきました」

笑顔で言うミサ。

いいのかな？

「わたしたちはグランさんに挨拶はしないでいいの？」

「お祖父さまにはいろいろな人が会いに来て忙しいから、大丈夫だと思いますよ」

「グランさんのパーティーは4日後なんだよね」

「はい」

「それじゃ、それまでは自由にしていいのかな？　街の散策に行きたいんだけど」

「大丈夫だと思いますよ。ほかの人たちも出かけていますから」

「それじゃフィナ。明日は街でも散歩しようか？」

「はい」

「わたしも行きます」

ノアが手を挙げて参加表明をする。

「ノアはダメじゃない？」

「ど、どうしてですか!?」

断られるとは思っていなかったノアが驚く。

「流石《さすが》にクリフの許可が必要だよ。勝手に連れていくわけにはいかないからね」

「なら、お父様に許可をもらってきます！」

ノアは椅子から立ち上がると部屋から出ていく。そして、すぐに戻ってくる。

「ユナさん、許可をもらいました！」

嬉しそうにするノアの後ろにはクリフの姿がある。

クリフは隣の部屋だから、すぐに戻ってくるのは分かる。でも、どうして、クリフが？

「ユナ。パーティーまでの間、ノアを頼めるか？」

クリフはわたしのところまでやってくると、そんなことを言いだす。

「別にいいけど。クリフは？」

「俺は仕事だ。いろいろと会わないといけない人がいるからな。今後のことでグラン爺さんとも話がある。だから、ノアと一緒にいられる時間がない。流石にパーティーの日まで、ノアを部屋に閉じ込めておくわけにもいかないからな。それになにかあってもおまえさんと一緒なら大丈夫だろう」

信用してくれるのは嬉しいけどいいのかな？

「ノアは挨拶とかしなくていいの？」

ノアも貴族だ。ミサ同様に挨拶をしたりしないのかな？

「パーティーでするから大丈夫だ。それまでは自由にしていい。ノア、外出は許可するが、ユナから離れるなよ。もし約束を守れなかったら、今後は外には行かせないからな」

「もちろん、ユナさんから離れたりしません。抱きついてでも離れません」

そう言ってわたしに抱きついてくる。そんなノアを引き離すと、ミサがなにか言いたそうにしている。

「わ、わたしも行きたいです」

ミサが口を開く。

確かにミサを1人残して遊びに行くのは可哀想《かわいそう》だ。でも行きたいと言われても、ノア同様、勝手に連れ出すわけにはいかない。連れていくにしても、グランさんや親御さんの許可が必要だ。

親御さん？　……亡くなっていないよね。

確か、ミサの親御さんは生きているはずだ。初めて会ったときに両親は先に王都に行ってると聞いた記憶がある。

「ミサも両親から許可がもらえるならいいよ」

もし、勝手に連れ出して、問題になっても困るし。

「本当ですか⁉」

1人増えようが2人増えようが変わらない。2人とも勝手に動き回るタイプじゃなさそうだし。フィナのことは信用しているから不安なことはない。

「うん、許可がもらえればね」

「分かりました。お父様とお母様に許可をもらってきます」

先ほどのノア同様に部屋を飛び出そうとするミサ。でも、ドアを開けた瞬間、足が止まる。

「お祖父さま⁉」

「なんだ。ミサはここにいたのか」

ドアを開けて、グランさんが入ってくる。

「しかも、クリフまでおるのか」

「娘のことをユナに頼みにな。それでグラン爺さんは、どうしてここに？」

「前にお世話になったクマの嬢ちゃんが来たと聞いたから、挨拶をしておこうと思ってな」

どちらかというとわたしのほうがお世話になった気がするんだけど。土地を購入するときも、盗賊団の引き渡しのときにもお世話になった。

「久しぶりじゃのう。クマの嬢ちゃんと、フィナだったな」

「あ、はい。フィナです」

いきなり、グランさんに名前を呼ばれて挙動不審《きょどうふしん》になるフィナ。それにしても、フィナは名前呼びで、わたしはクマの嬢ちゃん呼びなの？

「今回は孫娘のためにわざわざ来てくれて感謝する」

「わたしもミサに会いたかったから」

会いたかったのは嘘《うそ》ではないが、誕生会として会うのは控えさせてほしかった。

わたしとグランさんが話していると、ミサが、少し言いにくそうにグランさんに尋ねる。

「あのう……お祖父さま。明日、ユナお姉さまたちと街にお出かけをしてもいいですか？

みんな、わたしを置いて、行くって言うんです」

「街か？」

グランさんがわたしを見る。

「クマの嬢ちゃんがいるなら、大丈夫だろう」

またわたし任せ？　ミサはグランさんの言葉に喜んでいるから、別にいいんだけど。


翌日、朝早くから、フィナ、ノア、ミサの3人を連れて街の散策に出かける。

「ユナさん、どこに行きますか？」

「どこって言われても、この街になにがあるか分からないから、適当に歩くつもりだよ。

みんなはどこか行きたい場所ってある？」

一応、引率する役目を負っているのでみんなに聞いてみる。

「わたしはどこでもいいですよ」

「ユナお姉ちゃんが行くならどこでも」

「お外に出られるならどこでも」

ノア、フィナ、ミサと口にするが誰も行きたい場所を言わない。

「それじゃ、適当に散策でもしようか。でも、わたしから離れちゃダメだからね」

みんなは素直に返事をする。街を歩いていると人に見られる。クマの格好をした女の子と美少女3人。目立つメンバーだね。でも聞こえてくる言葉は「クマ」って単語だけだ。

この子たちが注目を浴びるのは数年後かな。そんなことを考えながら美少女3人を見る。

「みんな、なにか食べる？」

屋敷を出る前に朝食を食べたけど、少し時間が経っている。少しぐらいならおなかに入るだろう。

「はい。食べます」

「はい」

「食べます」

全員から賛同を得たのでミサに聞いて、屋台がある場所を目指す。話によるとクリモニア同様、広場に屋台が並んでいるらしい。本当は八百屋さんとかが並ぶ市場を見てみたいんだけど我慢する。


わたしたちは広場にやってきた。屋台がいくつか並んでいる。

定番の串焼きから、飲み物、パンに肉などを挟んだサンドイッチにスープ。いろいろなものが売られている。

さて、どれを買おうかな。

わたしたちは屋台を端から眺めて、食べたいものを買っていく。

その結果。みんな、手にたくさんの食べ物を持つ羽目になった。

少しのつもりがたくさん買ってしまった。屋台に来ると、どれも美味《おい》しそうに見えるからしかたない。

「ユナお姉ちゃん、こんなにいいの？」

「お金のことは気にしないでいいよ。オジサン、串焼き4本ちょうだい！」

新たに違う串焼きを購入して、3人にそれぞれ渡す。

1軒目の屋台で購入したときは驚かれたけど、1軒目が驚きの声をあげれば、周囲からも注目が集まる。そのおかげで、2軒目以降の購入はスムーズになっていく。

「ユナさん、これ以上持てないです」

「それに食べきれないです」

ノアとミサが手に持っている食べ物を見る。確かに多い。

「それじゃ、ベンチに座って食べようか」

わたしたちは空いているベンチに仲よく座り、買い込んだものを食べ始める。

「王都のときを思い出しますね」

「あのときもみんなで食べたね」

「またノアお姉さまとフィナちゃんと一緒に食べることができて嬉しいです」

初めは緊張していたフィナも、今では緊張も解けたようで、3人で仲よく王都のことを話しながら食べている。そんな3人を見ていると、来てよかったと思う。

屋台巡りを終え、街の散策を続ける。相変わらず視線を集めるが、トラブルが起きることもなく、楽しくウインドゥショッピングをする。

楽しくお店を回っていると、前のほうから、少年少女が数人歩いてくる。年齢はわたしとフィナの間ぐらいだ。13歳前後ってところかな。見た感じ、いいところの子供って感じがする。そのグループの少し離れたところには黒いマントに身を包んだ護衛らしき人物もいる。人のことはいえないけど怪しい格好だ。

その少年たちはわたしたちに気づくと、嫌な笑みを浮かべてわたしを見た。正確にはわたしっていうよりもミサを見ている。ミサもそのことに気づいたのかわたしの後ろに隠れる。

うん？　なにかあるのかな？　見る限りうちの子たちと違って性格が悪そうなんだけど。グループは笑いながらわたしたちに近づいてくる。

187　クマさん、バカにされる

ミサは少年たちと知り合いなのか、わたしの後ろに隠れてしまう。

「ユナさん」

「ユナお姉ちゃん」

「…………」

ノアもフィナも嫌な雰囲気を感じ取ったのか、わたしの服を摑《つか》む。でも、それだといざっていうときに動けないので。

「大丈夫だよ。なにかあった場合は守るから。だから、もしものときのために服は離しておいて」

わたしの言葉に素直に手を離してくれる。もし、服を摑まれたまま動いたら、大変なことになるからね。

「変な格好をした奴がいると思って見れば、側《そば》にいるのはミサーナじゃないか。変なクマなんて連れて、ペットの散歩か？」

その言葉で少年の取り巻きが笑いだす。ヤバイ、久しぶりに殴りたくなった。でも、相手の子供がそれなりの地位のある子供だったら、面倒になる。

わたしだけならいいけど、フィナ、ノア、ミサもいる。危険なことはしたくない。

少年は笑いながら、わたしたちのところに歩み寄ってくる。後ろにいるミサが怯《おび》える。

2人の間になにかあるみたいだ。もちろん、それはミサにとってよいことではない。わたしはミサを守るように後ろに隠す。

「それ以上近づかないでもらえる？」

ミサに近づこうとしたので少年の歩みを止めさせる。

「なんだ、おまえは？」

「この子たちの護衛だよ」

「なんだ。ミサーナ、おまえのところはクマを護衛にしているのか！」

少年は笑いだす。少年が笑うと一緒に後ろにいる取り巻きたちも笑う。気分が悪い。そのにやける顔を殴りたくなってくる。

「確かにクマは強いかもな」

さらに大声で少年は笑いだす。後ろではミサが震《ふる》えている。そんなミサに対してノアとフィナが手を握ってあげている。優しい子たちだ。

でも、ミサのためにも早く離れたほうがいいかもしれない。

「用がないならわたしたちは行くから」

「待てよ。俺はミサーナと話しているんだ。ミサーナ、グラン爺《じい》さんのパーティーに参加

してやるんだ。礼ぐらい言ったらどうだ。パーティーに参加してくれてありがとうございますってな」

グランさんのパーティーに参加するってことは、やっぱり貴族か。こんな教育もなっていないバカも呼ばないといけないとはグランさんも大変だ。

「なんなら、おまえの誕生パーティーにも参加してやろうか」

「来なくていい」

「なんだよ。人が出てやるって言っているだろう」

「来なくていい」

ミサは同じ返答をする。その態度に少年は怒りだす。

「そんなことを言ってもいいのか？　おまえの家、つぶれるかもしれないのに」

「…………」

「もう少し、俺のご機嫌をとっておいたほうがいいんじゃないか。なんなら、おまえの家がつぶれたらメイドとして雇ってやるよ」

少年は笑いだす。それに対してミサは俯《うつむ》いて黙ってしまう。状況は分からないけど。分かっているのは少年がムカつく奴で、ミサが悲しんでいるってことだ。これは早々に立ち去りたい。

「みんな、行くよ」

わたしは少年を無視するようにみなを連れて離れようとする。

「待てよ。まだ、話は終わっていない」

少年がミサの腕を摑もうと近寄ってくる。わたしは少年の前に立って行動を阻《はば》む。

「なんだよ。どけよ。変な格好した護衛ごときが俺の邪魔をするな！」

「護衛だから、邪魔はするよ。流石《さすが》にこれ以上の暴言は許さないよ」

わたしと少年は睨《にら》み合う。

「この街で俺に逆らって、ただで済むと思っているのか？　変な格好をした女が護衛気取りしてんじゃねえよ。護衛は俺のところのみたいな強い奴を言うんだぞ」

少年の後ろにいる黒マントの男を差す。目つきが悪く、それなりに強そうだ。

「そんなバカな格好をした女が護衛とかバカにしているだろう。俺が護衛を紹介してやろうか。もっとも、すぐに必要はなくなるかもしれないけどな」

「ユナお姉さまのほうが強いからいい」

ミサが嬉しいことを言ってくれる。

「そのクマが強い？　笑わせるなよ」

「そういうあんたは強い護衛がいないと外も歩けないの？　それならママのおっぱいでも吸いながら家にいたらどう？　ママ～、ぼく、強くて守ってくれる護衛がいないと、お外に行けないよ～」

わたしは少年に向かって、バカにしたような言い方で言う。

「貴様～」

わたしが挑発すると少年は怒りだす。沸点が低いね。今までバカにされたことがなかったのかな。

少年は怒りに任せてわたしに殴りかかってくる。わたしは少年の拳をクマさんパペットで受け止める。

「くそ、離せ！」

少年は一生懸命に手を引き抜こうとする。だけど、クマさんパペットに咥《くわ》えられた手を、少年の力で引き抜けるわけがない。

「どいてくれる？」

わたしは強い口調で言う。

「黙れ！　ブラッド！」

少年が叫んだ瞬間、後ろにいた黒マントの男が襲いかかってくる。わたしは少年の手を離して攻撃をかわす。意外と攻撃が速かったため、少年の手を離してしまった。

少年は、わたしがいきなり手を離したせいで、バランスを崩して尻餅《しりもち》をつく。

その姿を見てわたしと後ろにいたミサたちが笑いだす。その格好が可笑《おか》しかったのか、取り巻きの少年少女たちの顔にも笑みが浮かぶ。

「貴様！」

「わたしのせいじゃないよ。文句なら、その男に言えば？　いきなり襲いかかってくるんだから。そもそも指示を出したのは自分じゃないの？」

黒マントの男は少年を起こそうとするが少年は手を振り払って、自分で起き上がる。

「ブラッド、この変なクマをどうにかしろ！」

「ランドル様、周りを」

護衛の男が少年に声をかける。少年が大声を出したことによって、人が集まり始めている。少年は周りを見回して悔しそうにする。

「ちぇ、おまえたち行くぞ」

少年は取り巻きに声をかけると、わたしのほうを見る。

「俺に逆らって、ただで済むと思うなよ」

そう言い残すと去っていく。

おお、悪役の捨て台詞《ぜりふ》が出た！

少年たちが消えるとミサが背中に抱きついてくる。

「もう行ったから、大丈夫だよ」

少し震えているミサを落ち着かせるために、ベンチを見つけて休むことにする。

「それで、なんだったのあいつ。偉そうだったけど」

「この街の領主の、サルバード家のランドルです」

わたしの質問にノアが答えてくれる。やっぱり貴族だったんだね。まあ、グランさんのパーティーに呼ばれるぐらいだから、お偉いさんの子供だとは思ったけど。わたしがクリフに会う前に思い描いていた貴族だ。生意気で、世界は自分中心に回っていると思っている人種。わたしがもっとも嫌う人種だ。

でも、領主ってどういうこと？

「この街の領主はグランさんじゃなかったの？」

「はい、お祖父さまも領主です」

「えっと、この街には領主が2人いるんです」

ミサの言葉にノアが足りない部分を補足してくれる。1つの街に2人の領主がいるって、どういうことなの？　そんな話は元の世界でも聞いたことがない。

「わたしも詳しくは知らないのですが、なんでも昔にファーレングラム家とサルバード家が武勲を上げて、この領地を平等に分け与えられたそうです。当時は仲がよかった両家ですが、時間が経つにつれて悪くなったと聞いてます」

ノアが詳しく説明してくれる。1つの街に領主が2人ってところにも驚いたけど。どうやって今まで、街を維持していたのかな。税金だってあるし、仲が悪ければお金の取り合いになりそうだ。

「よくそれで領地経営ができるね」

「お祖父さまの東地区とサルバード家の西地区で分かれて、別々に管理をしているんです」

「それって、街が2つに分かれているってこと？」

ミサは頷《うなず》く。

そんなことができるの？

まあ、今があるってことはできているんだろうけど、面倒くさそうな街だ。当時の国王ってバカだったのかな。1つの土地を2つの家に分け与えるって、トラブルの元だ。でも、当時は仲がよかったから問題はなかったのかな？

時代が変われば、人間関係も変わる。家族同士の関係が孫やその下の代まで続くとは限らない。まして、財産や利権などが関わってくると複雑になってくるものだ。

わたしがこの世界に来たとき、この街の近くでなくてよかった。改めて森の中でフィナに出会えたことに感謝だ。違う方向に歩いていたら、こっちの街に来ていたかもしれない。わたしは黙って話を聞いているフィナの頭を撫《な》でる。

「えっ、ユナお姉ちゃん、なんですか!?」

フィナはいきなり頭を撫でられて困惑する。そんなフィナのことは気にせずに頭を撫で続ける。

「でも、領主の息子だからって、かなり乱暴だったね」

「いつも悪口を言うから、わたし嫌いです」

ミサが珍しく悪態を吐《つ》く。確かにいきなり、パーティーに参加するんだから礼を言えって、そんなに偉いもんかね。親の教育が問題だと思うけど。あんなのが貴族だと思うとゾッとするね。

「いつも、あんなに攻撃的なの？」

「うん、最近は特にそう。わたしを見つけると、すぐにお父様やお母様、お祖父さまの悪口を言いに来ます」

確かにミサを見つけた瞬間、苛《いじ》めるターゲットを見つけたように嬉しそうにしていた。性格の悪さはあの顔を見れば分かる。

「あの子も、グランさんのパーティーに呼ばれているの？」

「はい。一応、この街の共同の領主の息子だから。お祖父さまは呼びたくなさそうにしていたけど」

呼びたくないのに、呼ばないといけないって貴族の関係は面倒だね。

まあ、それは貴族社会だけじゃないけど。友達と遊びに行くときも、呼びたくない人を呼ばないといけないこともある。ドラマや映画を見ると、パーティーに呼びたくなくても、呼ばないといけないシーンがある。付き合いは大事だけど。関わりを持ちたくない人を呼ばないといけない。人には建前ってものがあるからね。

「それじゃ、周りにいた子も貴族なの？」

少年の取り巻きの少年少女たちもミサのことを笑って性格が悪そうだった。

「たぶん、この街の商人や有力な親の子供たちだと思います」

媚《こび》を売る取り巻きってところかな？

でも、子供のときから媚を売るって可哀想《かわいそう》な人生だ。一生、あの少年に頭を下げ続けなくてはいけないのだから。その点、わたしは引きこもっていたから、そんな上下関係などはなかった。面倒な上下関係に関わりたくなければ、引きこもりが一番だね。

でも、商人たちの子供か。あれが子供だとすると親も同じような感じなのかな。

なんか、簡単に想像ができた。悪どい商人が領主の力を借りて、不正にお金を稼ぐ姿が思い浮かぶ。『お主《ぬし》も悪じゃのう』『いえいえ、領主様には』みたいな会話が脳裏に再生される。

あと、聞き捨てならないことを言っていたのが気になった。グランさんの家がすぐにつぶれるとか。あれって、ファーレングラム家がつぶれるってことだよね。気になったが、流石にミサに聞くことは躊躇《ため》らわれた。

あのバカ貴族のせいで、街を散策する気分じゃなくなった。

「今日はもう帰ろうか」

「わたしなら、大丈夫です」

ミサは元気よく言うが、あんなことがあったばかりだし、子供同士の言い争いでも、グランさんに伝えたほうがいいと思うんだよね。魔物だったら、わたしの出番なんだけど。貴族の相手は貴族に任せるのが一番だ。

でも、このまま帰るとミサのせいで帰るような感じになる。そうなると、ミサが自分のことを責めるかもしれない。楽しい街の散策を邪魔したと。

「それじゃ、軽く回ってから帰ろうか」

「はい、行きましょう」

「それじゃ、あっちに行こう」

わたしの考えを理解したフィナとノアも賛成する。

「……みんな、ありがとう」

ミサは嬉しそうにする。

わたしたちはバカ貴族のことを忘れるように、ミサが楽しめるように街を散策した。

188 クマさん、グランさんに報告する

グランさんのお屋敷に戻ってくると、メーシュンさんが出迎えてくれる。

「お帰りなさいませ。どうかなさいましたか?」

メーシュンさんがミサの表情を見て、何かを感じたのか尋ねてくる。あれから気分を変えて散策して、ミサの気分も少しは晴れたと思ったけど、メーシュンさんには分かるみたいだ。

「ちょっとトラブルがあってね」

メーシュンさんがわたしの姿をじっと見つめる。わたしが原因じゃないよ。遠くから気づかれた原因にはなったかもしれないけど。

「サルバード家のランドルってムカつくバカに出会ったんだけど。それで、少しだけミサが嫌な思いを」

わたしの言葉にメーシュンさんの表情が変わり、ミサのほうを見る。

「ミサーナ様、大丈夫でしたか!?」

「ユナお姉さまが守ってくれたから、大丈夫」

「そうですか。ユナ様、ミサーナ様を守ってくださり、ありがとうございました」

深く頭を下げるメーシュンさん。

まあ、それがわたしの役目だ。まさか、あんなバカ貴族を絵に描いたような子供がいるとは思わなかったけどね。


部屋に戻って、みなでのんびりとしているとドアがノックされ、メーシュンさんが部屋に入ってくる。

「ユナ様、申し訳ありません。グラン様が、お会いしたいとおっしゃっています」

「グランさんが？　もしかして、今日のこと？」

「はい、どのような状況だったか、詳しく知りたいそうです」

わたしはメーシュンさんにグランさんがいる部屋に案内してもらう。

「こちらの部屋になります」

メーシュンさんは扉をノックするとわたしを連れてきたことを伝える。中から、入るように返事がある。わたしは扉を開ける。

「嬢ちゃん、呼んで悪かったな」

部屋の中にはグランさんだけでなく、クリフの姿もあった。テーブルの上に資料みたいなものを並べて話し合っていたみたいだ。グランさんは資料を一つに纏《まと》め、わたしに椅子に座るように促す。

「話は聞いたが、サルバード家の息子に会ったそうだな」

「敵愾心《てきがいしん》、剝《む》き出しだったよ」

「大丈夫だったか？」

「みんな怪我一つないよ。罵倒《ばとう》されただけ」

それだけでも、子供にはつらいはず。わたしはバカ貴族がミサに対してなにをしたか、グランさんに報告する。話を聞いたグランさんはため息を吐《つ》く。

「またか」

グランさんは忌々《いまいま》しそうに呟《つぶや》く。

「ノアやミサから軽く話は聞いたけど、そんなに仲が悪いの？」

「悪い。最近は特に悪い。嫌がらせが始まったのは数年前じゃな。初めは些細《ささい》なことだったから、誰がしているかさえも分からなかった。だから、気にもとめなかったんじゃが、最近では隠そうともせずに嫌がらせをしてくるようになった。ミサに対する嫌がらせもその一つだ。わしがそのことについて抗議しても、怪我をしたわけじゃない、子供同士の喧《けん》嘩《か》に親が口を出すな。と言いだす有り様じゃ」

グランさんは悔しそうに言う。

言葉の暴力は心に傷をつけるってことを知らないのかな。人によっては立ち直れない場合もあるし、自殺する者だっている。

「話を聞く限りだと、グランさんも嫌がらせを受けているの？」

話が長くなりそうなので、クマボックスから3人分の飲み物を出す。2人は出した飲み物を素直に飲んでくれる。

「商業ギルドのギルマスがサルバード家の息がかかった者に代わった。それから商業ギルドがあからさまにサルバード家優先になった。品物もサルバード家が治める地区に優先的に納められるように。そうなると住民は、サルバード家が治める店で品物を買うことになり、わしの治める地区で品物を買うことが減り、税収が減ることになる」

「商業ギルドに抗議は？」

「商人がどこに商品を売るかは商人の自由だと言われた。それに住人は少し離れたお店で購入するだけで、購入できないわけじゃない」

「困っているのは爺さんの治める地区で商売をしている者たちだな。なかにはサルバード家の地区に引っ越す者もいる」

クリフがグランさんの言葉に状況を付け加える。

「ギルマスの力ってそんなにあるんだ」

「力っていうよりは買収だろうな。こっちの店に卸せば、便宜を図るみたいな。商人にしてみれば、少しでも条件がよいほうに卸すからな」

「だから、わしの治める地区の店では、品不足になっている」

確かに痛手を負わせるなら、効率的な方法だ。

「やり方が最低だね。売りたくない相手には買わせないって」

わたしのその言葉にクリフが予想外の反応をする。

「ユナ。おまえ、俺にしたことを覚えていないのか？」

呆《あき》れ顔で言われる。

うん？　わたし、クリフになにかしたっけ？　記憶にないんだけど。

わたしはクリフの言葉の意味が分からず首を傾《かし》げる。

「本気で忘れているのか。おまえさん、ミレーヌに頼んで俺に卵を売らせなかったことを忘れたのか？」

わたしはクマさんパペットをポンと叩く。

ああ、確か、クリフが孤児院の補助金を打ち切ったと思って、そんなことをしたっけ。

そんな昔のこと未《いま》だに覚えているって、クリフは心が狭いね。

そもそも、クリフがしっかりしていれば孤児院が困窮するようなことは起きなかったんだから、わたしのせいじゃないよ。

「ユナが俺にしたことと同じだ。もっともこっちのほうが規模が大きくて質《たち》が悪いがな」

「今では、この街の有力者たちもサルバード家にすり寄り始めて、わしが治める地区は品不足になりつつある。それでクリフに相談していた」

「グラン爺さんももっと早くに、俺に相談をしてくれればいいのに」

話し合いって、そのことだったんだね。

「すまん。おまえさんに迷惑をかけたくなかったからな」

グランさんは年下のクリフに頭を下げる。

「それで今の状況になったんだろう」

「まさか、ここまで本格的につぶしにかかってくるとは思わなかった」

「つぶすって、貴族の家がつぶれるの？」

「そりゃ、収入がなくなれば、貴族だってつぶれる。国王から領地を没収され、ほかの者に譲り渡される」

「譲り渡される先がサルバード家になるのは濃厚だな。税収などの報告書だけを見れば、あちらは優秀な領主だからな」

確かに税収が増えているなら、書類上はサルバード家は優秀な領主になるわけだ。書類にはどんな悪事をして税収を増やしたかなんて書いていない。

「というわけで、グランさんと俺はその対策を講じていた。当面は俺の街から物資を送ることになったが、商業ギルドを押さえられているのは痛いな」

「だから、大商人や富豪を呼ぶ、今回のパーティーは絶対に成功させないとならん。このままで息子に領地を受け継がせるわけにはいかない」

「少しでもこちらに引き込んで対抗しないといけないからな」

パーティーにはそんな思惑もあったんだね。どうやらミサとランドルの関係は子供同士の喧嘩以上の因縁があるみたいだ。ランドルにしてみれば領地を奪い取る相手ってことか。さらにあの口ぶりからすると、すでに勝った気でいる。ミサをメイドにしてやるって。ミサが路頭に迷ったらわたしが面倒を見る。あんなバカには渡さない。

一番いいのは、グランさんがサルバード家との戦いに勝つことだけど、今は劣勢みたいだ。

でも、今後はクリフが力を貸すようだから大丈夫かな？

貴族同士の争いではわたしの出番はない。

「ユナ、ノアのことを頼めるか？　サルバード家がなにをしてくるか分からない。側にいてくれ」

「ミサのことも頼む」

2人に頼まれなくても守るつもりでいる。ミサたちは大事な妹のようなものだ。なにがあってもわたしが守る。

「あと、悪いがしばらくは外に出ないでくれ、何があるか分からない。もちろん、おまえさんがいれば安全だと思うが、もしものこともある。だから、パーティーが終わるまで屋敷の中にいてくれ」

引きこもりを甘く見ないでほしい。数年間引きこもってきたわたしが、たったの数日引きこもるぐらいなんともない。

パソコンやテレビがなくても、その気になれば遊ぶことはできる。まして、引きこもるのは1人じゃない。4人もいれば室内で遊ぶ方法はたくさんある。

話も終わり、席を立とうとしたら廊下が騒がしくなり、ノックもせずにドアが開くとメーシュンさんが駆け込んできた。

189 クマさん、ミサのために頑張る

「グラン様、大変です！」

駆け込んできたメーシュンさんは青ざめていた。

「どうした!?」

「料理長のボッツさんが襲われて、怪我をしました」

「…………」

「…………」

メーシュンさんの言葉に黙り込む2人。

「容態は？　ボッツは無事なのか？」

「現在、治療中です」

「どこにいる。案内しろ」

グランさんはわたしとクリフを置いて、部屋から出ていく。

「その手で来たか」

クリフが小さく呟《つぶや》く。

「さっきも言っただろう。今回のパーティーはグラン爺《じい》さんの誕生パーティーであると同時に、有力者たちに挨拶《あいさつ》をしてこちらの陣営に引き込むためのものでもあった。その料理を作る料理長が怪我をしたんだ。パーティーの料理を出すことができなくなった。もし中止となればグラン爺さんの印象は悪くなる」

「どういうこと？」

「ほかの料理人を呼ぶわけにはいかないの？」

「ボッツは王都の一流レストランで副料理長をしていた料理人だ。簡単に代理は見つからない。有力者たちが納得する料理を出すことができなければ、ファーレングラム家の名声が落ちるし、力を貸す者もいなくなる」

たかが料理でしょうとも思うが、おもてなしをするなら料理は大切だ。

美味《おい》しい料理を食べながら交渉するのは、どこにでもある話だ。政治家が料亭で話をしたり、企業だって接待をする。

話の場で高級料理を出されるかと思ったら、カップラーメンが出てきたら怒るだろう。

まあ、そこまで酷《ひど》くはないと思うけど、クリフが言いたいことは分かる。

料理は場を楽しくするだけでなく、心を開く効果もある。それだけ、料理は大事だ。

それが、もし、美味しくない料理を出されれば、気分を害され、話が盛り上がらず、交渉も難しくなる。

「これはサルバード家の仕業だと思うの？」

「間違いなくそうだろうな」

クリフは顎《あご》に手を当てて考え込む。

「新しい料理人を探し出せるか。どこから連れてくる？　この街にいるか？　クリモニアから連れてくるのが確実だが、時間的にどうだ？」

クリフの考えていることが口から洩《も》れる。

パーティー用の料理ではモリンさんもアンズも出番がない。いくら美味しくても、あくまで2人の料理は一般的な家庭料理だ。貴族のパーティー用の料理は作れない。

もちろん、わたしだってパーティー料理なんて作れない。作れるのはパーティーケーキぐらいだ。

「ユナ、おまえのクマなら……、すまない。何でもない」

クリフはわたしに頼もうとしたが、最後まで口にしない。言いたいことは分かる。くまゆるとくまきゅうを使って料理人を連れてきてほしいのだろう。それが一番いい方法だとクリフも思っているみたいだ。

クリモニアに料理人がいれば、わたしのクマなら一日で往復できると思う。普通の馬車や馬だと時間がかかる。でも今から探すのは、料理の事前準備のことを考えると難しいかもしれない。

そんなことを考えていると、グランさんが戻ってくる。

「グラン爺さん。どうだった？」

「命に別状はないが、腕を集中的に痛めつけられている。しばらくは料理ができる状態ではない」

「それじゃ、パーティーの料理は」

「無理じゃな」

首を横に振るグランさん。

グランさんは椅子に座り込み、クリフは口を閉ざす。2人に暗い雰囲気が漂う。

「いったい、どこで襲われたんだ？」

「パーティーで使う食材の下見に行った帰りに、人通りがないところで襲われたみたいだ」

「それで犯人は？」

「分からん。今、使用人たちに目撃者がいないか調べさせている。でも、人通りが少ない場所らしいからな。目撃者がいるかどうか。見た者がいたとしても、名乗り出てくれる可能性は低い」

「やっぱり、サルバード家か？」

「だろうな。それ以外で襲われる理由はない」

グランさんはクリフの質問に即答する。

「それでグラン爺さん、どうする？」

「ボッツほどの料理人は無理でも、探すしかないじゃろう。パーティーは中止にはできないし、料理なしは避けなければならん」

「あてはあるのか?」

グランさんは首を横に振る。

「この街の者はサルバード家を怖がって、うちに手を貸してくれる者はいないじゃろう。あるいはすでに金で買収されている可能性が高い」

「なら、クリモニアから連れてくるしかないな」

クリフは考えていたことをグランさんに言う。なら、わたしの出番だ。

「それじゃ、わたしが連れてくるよ。くまゆるとくまきゅうなら、速いよ」

「いや、おまえさんはノアたちの側にいてくれ、俺の部下を行かせる。早馬を使えば間に合う。グラン爺さんもそれでいいか?」

「クリフ、迷惑をかける」

「クリモニアとしても他人事《ひとごと》じゃないからな。グラン爺さんが領主でなくなると困る。このぐらいは問題はない」

クリフはそう言うと立ち上がり、部屋を出ていく。

「わしも、やれることはしないとならんな」

グランさんも執務机に座り、仕事を始める。わたしもクリフに頼まれたことをするために、自分の部屋に戻る。

部屋に入るとフィナたち3人は暗い表情を浮かべている。

「どうしたの?」

「その、ボッツさんが襲われたって」

「もう聞いたんだ」

「うん、メイドさんが話しているのを聞いて。それに騒がしかったから……」

確かに、部屋に戻ってくるまでにお屋敷の中は騒がしかった。あれじゃ、気づかないほうがおかしいか。

「ユナお姉さま、何か知っているんですか？」

「わたしも、襲われて怪我をしたことぐらいしか知らないよ。あとは命に別状はないことぐらいかな」

「よかった」

命に別状がないと聞くと、少しだけ安堵《あんど》の表情を浮かべるミサ。

「でも、腕に怪我をしたみたいだから、しばらく料理はできないみたいだよ」

隠せることではないので教えておく。

「それじゃ、パーティーのお料理は？」

「クリモニアから料理人を連れてくることになったよ」

パーティーが続けられそうになったことにミサは安堵するが、顔色は悪い。

それから、ミサは怪我をした料理人のことを気にして元気がなく、休むため自分の部屋に戻っていった。そんなミサを心配したノアが一緒についていった。

「ミサ様、大丈夫でしょうか」

やっぱり、ランドルってバカに会ったのと料理人が襲われたのが原因だよね。料理人が怪我をした話を聞いてから、さらに表情が暗くなった。

一生懸命に元気に振る舞おうとしていたが、カラ元気なのは見てて分かった。

「ノアが一緒についているから大丈夫だよ」

今日は元気がないミサと一緒に寝るそうだ。だから、大丈夫なはずだ。

フィナと2人っきりになる。

わたしは不安そうにするフィナのため、子熊化したくまゆるとくまきゅうを召喚する。

フィナはベッドの上で子熊のくまゆるを抱き締め、わたしはくまきゅうを抱いて、頭を撫《な》でる。

「ユナお姉ちゃん。大丈夫かな？」

「クリフとグランさんがなんとかしてくれるよ」

状況は悪いみたいだけど、安心させるために言う。

「うん、そうだよね。クリフ様なら、きっとなんとかしてくれるよね」

「グランさんの誕生日パーティーが成功したら、ミサの誕生日パーティーがあるから、ちゃんと祝ってあげないとね」

「うん。早くプレゼントを渡したいです。ミサ様、喜んでくれるかな？」

「頑張って作ったんだから、大丈夫だよ。ミサも喜んでくれるよ」

フィナが小さく欠伸《あくび》をして眠そうにする。そろそろ明かりを消して寝ようとすると、ドアがノックされた。くまゆるとくまきゅうを見て確認するが、2人とも欠伸をしている。危険はないみたいだ。もしかして、ノアとミサかもしれない。

「誰？」

「俺だ。少しいいか」

声の主はクリフだった。わたしがドアを開けると疲れきったクリフの姿がある。

わたしはクリフを部屋に入れ、水が入ったコップを出す。クリフは一気に水を飲み干す。

「それで、どうしたの？」

「おまえさんに頼みがある。もう、おまえさんに頼むしかない」

ただごとじゃないみたいだ。

「クリモニアに行かせたラーボンが戻ってきた。馬を走らせているところに矢を放たれた。ラーボンは無事だったが馬は……、ラーボンはクリモニアに向かうことができず、街に戻ってきた」

護衛のラーボンさんが無事だったのはよかったけど、走っている馬に矢を放つなんて危険だ。

「つまり、待ち伏せされていたの？」

「後をつけられていたのかもしれない。襲われた場所は街からそれほど離れていない。それが唯一の救いだ。遠く離れていたら、ここに戻ってくることもできなかった」

馬から落ちたが、大きな怪我はしていないようだ。そして、街に戻る途中で、運よく通りかかった馬車に拾われ、早めに戻ってこられたらしい。

「貴族同士の争いにおまえさんを巻き込みたくなかったんだが、このままだとファーレングラム家がつぶされてしまうかもしれない。そんなことはさせたくない。グラン爺さんには若いころに何度も世話になっている。だから、助けたい。おまえさんの力を貸してほしい」

クリフが小さくだが頭を下げた。

貴族のクリフがだ。わたしが知っている漫画や小説の貴族なら平民に頭を下げるようなことはしない。それだけ、切羽詰まっているということなのかもしれない。

「うん、いいよ。料理人を連れてくればいいんだよね。わたしもあの貴族にはムカつくからね。それにグランさんの家がつぶれでもしたらミサが可哀想《かわいそう》だし。わたしに喧嘩《けんか》を売ったことを後悔させてあげるよ」

ふふ。あのバカ貴族が、わたしのことをペットとか言って、笑ったことを忘れていない。

「なんだ。料理人にあてがあるのか？」

「あるよ。文句のつけようがない料理人がね」

わたしには王宮料理人の知り合いがいる。

「誰だ？」

「内緒」

「あてにしてもいいんだな」

「そう言われると困るけど、相手には貸しもあるから大丈夫だと思うよ」

国王には貸しがある。最悪、ゼレフさんがダメでも、王宮で働く料理人を貸してもらうつもりだ。

「それじゃ、今から出発するね」

「今から行くのか？」

王都はクリモニアより遠い。早めに出ないと怪しまれる。

「早いほうがいいからね。ノアたちには適当に言っておいてくれる？」

「分かった。伝えておく」

「あと屋敷の中にいれば安全だと思うけどわたしが戻るまでフィナをよろしくね」

「ああ、フィナのことはしっかり預かる」

「それじゃ、着替えるから出ていってもらえる？　あと、適当に出ていくから気にしないで」

「それじゃ、よろしく頼む」

クリフはわたしの言葉を疑うこともなく、部屋から出ていく。

「ユナお姉ちゃん、今から行くの？」

フィナがくまゆるを抱き締めながら寂しそうに聞いてくる。

「うん？　行かないよ」

「えっ？」

フィナが驚いたようにわたしを見る。

「だって、クマの転移門があるし、今から行っても夜だし。それなら、早朝から行っても変わらないでしょう」

クリフに今から行くと言ったのは、今夜からくまゆるとくまきゅうで移動したと思わせるためだ。実際は、クマの転移門を使えばすぐに移動ができる。

「う、うん。そうだけど。いいのかな？」

首を傾げるフィナ。

「いいんだよ。もう遅いから寝よう。ほら、明かりを消すよ」

フィナをベッドに押し込んで、わたしもベッドに潜り込む。

「そうだ。くまゆる、くまきゅう、明日は早く起こしてね」

わたしがお願いすると小さく、「くぅ〜ん」と鳴いて返事をしてくれる。わたしは横にいるくまきゅうを抱きしめながら眠りについた。

190　クマさん、王宮料理長の貸し出しをお願いする

ペチペチ。

人が気持ちよく寝ているのに柔らかいものがわたしの頬《ほお》を叩《たた》く。

それがすぐにくまきゅうの手だと気づく。

そうだ。今日は朝イチで出発しないといけないんだ。

窓に目を向けるが、まだ薄暗い。

「くまきゅう、ありがとう」

起こしてくれたくまきゅうの頭を撫《な》でてお礼を言う。わたしは背すじを伸ばしてベッドから降りる。同時に隣のベッドに寝ていたフィナも動きだし、起き上がる。

「ユナお姉ちゃん。行くの？」

「もしかして起こしちゃった？　ゴメンね。フィナはもう少し寝ていていいよ」

「ううん。見送りをしたかったから、くまゆるにユナお姉ちゃんが起きたら起こしてほしいってお願いをしてたの」

嬉しいことを言ってくれる。

わたしはフィナの気持ちに感謝をしながら、いつもの黒クマに着替える。

「それじゃ、行ってくるね。なにかあったら、クマフォンですぐ呼ぶんだよ。すぐに駆けつけるから。わたしが戻ってくるまで、危ないから外にお出かけはしちゃダメだからね」

わたしがいないあいだ不安だけど、お屋敷の中にいれば安全なはず。でも、心配だから注意しておく。

「うん。でも、ユナお姉ちゃんも気をつけてね」

フィナの頭を撫でて、くまゆるとくまきゅうを送還させる。わたしはみなが寝静まっている早朝、窓を開けてベランダに出る。向かう先はお屋敷の屋根。ジャンプをして屋根に上がる。

ここでいいかな？

死角になっている一角が屋根の中央にある。そこに寝かすようにクマの転移門を設置する。これなら、どんな方向から見てもクマの転移門が気づかれることはない。わたしは下にあるドアを開けて、王都にあるクマハウスに転移する。

扉から入った瞬間、体が変な方向に向いて倒れてしまった。

どうやら、穴に入るような感じで入ったため、倒れることになってしまった。痛くはないけど、恥ずかしい瞬間だ。誰にも見られなくてよかった。

わたしは王都にあるクマハウスで朝食をとって、少し時間をつぶしてからお城に向かう。

一応、昨日の夜に寝ずに出発して、くまゆるとくまきゅうを走らせたことになっている。それでも、半日だ。怪しまれないように、時間調整をしておく。


お城の入り口までやってくると、門の前に立つ兵士がわたしに気づく。

「えっと、中に入ってもいい？」

「あっ、はい。どうぞお入りください」

入城の許可を出すと、門兵の１人が走りだそうとする。

「ちょっと待って」

走りだそうとする門兵を呼び止める。

「今日はフローラ様じゃなく、国王様かエレローラさんに用があるんだけど会えるかな？」

「え～と、お待ちください。エレローラ様はいらっしゃっていますが、この時間は所在が分かりません。国王陛下には報告することはできますが、会えるかどうかまでは……」

まあ、一般兵士に聞いても分からないよね。

う～ん、それじゃ、わたしが来たことを国王陛下に報告してもらって、フローラ様の部屋で待っていればいいかな。でも、フローラ様に会って、すぐに帰らせてくれるかな。フローラ様の悲しそうにする顔が目に浮かぶ。こんなことなら、ぬいぐるみを持ってくればよかったかもしれない。残念ながら、クマボックスにはミサにプレゼントするぬいぐるみしか入っていない。

でも、エレローラさんの所在が不明って。あの人はどこでなにをしているのかな？

「どうなさいますか？」

門の前に立つ兵士が尋ねてくる。

う～ん、エレローラさんに会えれば一番いいんだけど。

どうしようかと悩んでいると、会いたいと思っていた人がこちらにやってきた。

「遠くからクマが見えたから来てみれば、やっぱりユナちゃんだったね」

所在が不明だったエレローラさんが声をかけてきた。いつもはいきなり現れて面倒だけど、今日は助かる。

「エレローラさん、ちょっと頼みがあるんだけど」

「なにかしら？　とりあえず、歩きながら話を聞いてもいいかしら。今は散歩をしながら、見回りをしているところだから」

散歩って、確かに見回りは歩くけど。そこは素直に見回りって言えばいいのに。

エレローラさんは兵士に国王に連絡はしないでいいと指示を出すと歩きだす。

「それでなに？　ユナちゃんがわたしに頼みごとって珍しいわね」

「エレローラさんっていうか、国王様にですけど。料理長のゼレフさんを数日間、借りたいんだけど」

「ゼレフを？　理由を聞いてもいいかしら」

わたしはシーリンの街のことを説明する。

「そういえば、クリフの手紙にも、シーリンに行くって書いてあったわね。でも、サルバード家ね。最近、よい噂《うわさ》を聞かないわね」

やっぱり、そうなんだ。

「流石《さすが》にわたしの一存ではゼレフを連れ出す許可は出せないわね」

まあ、王宮の料理長だ。国王の許可なしでは無理だろう。

「それじゃ、国王陛下のところに行きましょう」

「いいの？」

「いいわよ。どっちにしろ、ユナちゃんが来たことを報告しないといけないんだから」

なに、そのルール。

まあ、国王に会えるならいいんだけど。エレローラさんの案内でお城の奥深くに入っていく。

その間にすれ違う人はみんなエレローラさんに頭を下げて挨拶《あいさつ》をする。それに対してエレローラさんも気軽に挨拶を返す。やっぱり、エレローラさんは偉いのかな？

廊下を進むと、扉の前に2名の警備兵が立っている姿が見える。

「これはエレローラ様。それとそちらのクマの格好をした女の子は、噂の？」

噂ってなに？　って聞きたかったが、想像ができたのでスルーすることにする。どうせ、聞いても変な噂しか流れていないと思うし。

「国王陛下にお会いしたいんだけど通してもらえる？」

「はい、少々お待ちください」

警備兵は扉をノックして中に確認をとる。すると、扉の中から許可の声が聞こえてくる。

「どうぞ。お入りください」

部屋に入る許可が下りたのでエレローラさんと一緒に部屋の中に入る。そこは広い部屋で3人の姿があった。1人は国王。国王と同年代の男性。左の机には20歳前後のイケメン男性が座っている。どことなく、誰かに似ているような気がする。

「エレローラにユナか。どうしたんだ？　ユナが俺のところに来るなんて、珍しいな」

「ユナちゃんが陛下にお願いがあるそうよ」

「俺に願いだと？」

その言葉を聞いた国王は笑みを浮かべるが、ほかの2人は微妙な顔になる。まあ、いきなり、クマの着ぐるみを着た女の子が国王に直《じか》に頼みごとに来たといえば、そんな顔になるのが普通かもしれない。

「それでユナの頼みはなんだ。いくらおまえさんの頼みでもできないこともあるぞ」

まあ、それはそうだ。でも、国王に直に頼めるだけいい。わたしは単刀直入に言う。

「ゼレフさんを数日借りたいんだけど」

「ゼレフをか？　なんでだ？」

二度手間になったけど、エレローラさんに話したことをもう一度説明する。

「サルバード家とファーレングラム家ですか」

国王の隣に立っていた男が声を出す。

誰なのかな？　初めて見るから分からないけど。ここにいるってことは偉い人なんだよね。

「あの領地か……爺《じい》さんも余計なことをしたよな」

国王は椅子の背もたれに寄りかかりながら面倒くさそうに言う。

「まあ、当時はあれが最善の方法だと思われたのですからしかたありません」

「でも、それが今の状況を生んでいるんだ。いい迷惑だ」

2つの貴族に領地を与えた昔の国王のことを言っているのかな。

その意見には同意だ。そんな与え方をしなければ、こんなことは起きなかったのに。

「もしかして、今の状況を知っているの？」

「サルバード家が裏でいろいろとしている噂ぐらいはな」

「最近サルバード家の税収が上がり、ファーレングラム家が下がっていたので、ファーレングラム家に報告書を書かせました。ですが、理由は記載されていませんでした」

別の見方をすればファーレングラム家はお客様の取り合いで負けただけのことだ。サルバード家が頑張ったに過ぎない。逆にファーレングラム家が何をしていたかという話にもなる。

「貴族同士の縄張り争いはどこでも行われていることです。酷《ひど》い言い方をすればファーレングラム家には力がなかったことになります」

わたしもそう思う。元の世界でも大なり小なり、地域同士の争いはあった。住みやすくしたり、その地域を発展させるのは、その地域に住んでいるトップの役目だ。

でも、もう少しどうにかならなかったのかとも思う。話を聞いている感じだと、後手後手に回っている感じだ。

「ただ、サルバード家に悪い噂が流れているのも事実だ」

「横領、脅迫、暴力など、噂が絶えませんが、下からの報告では証拠は見つかっていません。それでは、我々は手を出すことができません」

うん、お役所仕事だ。

国王でも噂だけでは正義の味方みたいに悪人を裁くことはできないみたいだ。証拠がなければ、違う可能性だってある。

「確か、サルバード家はボルナルド商会と繋《つな》がっている噂もありますね」

今まで黙っていたイケメン金髪が横から口を挟む。やっぱり、誰かに似ている。わたしがイケメン金髪を見ていると、国王がそのことに気づく。

「そういえば、ユナはエルナートに会うのは初めてか？」

「エルナート？」

聞き覚えがない名前だ。

わたしが首を傾《かし》げると、イケメンが笑う。

「まさか、わたしのことを知らない人物が、このお城に出入りしているとは思いませんでした。初めまして、フォルオート王の嫡子のエルナートです。クマのお嬢さん」

ああ、国王に似ていたんだね。つまり、王子様ってこと。

「わたしのこと知っているんだ」

「父、母、フローラから聞いてますから。しかもあなたが来ると、父が仕事をわたしに押しつけて、いなくなってしまいますからね」

なんか、笑顔で話しているのに怖い。でもそれって、わたしのせいなの？

わたしはフローラ様に会いに来ただけで、国王は呼んでいない。わたしのせいにするのはやめてほしい。

わたしがジト目で国王を見ると国王は咳払《せきばら》いをして、口を開く。

「でも、ボルナルド商会か」

あっ、話を変えた。国王がわたしの得意技、秘技・話逸《そ》らしを使った。

でも、ボルナルド商会というのが気になったのでエレローラさんに尋ねる。

「ユナちゃんは知らないのね。ボルナルド商会は、この王都で一番大きな商会よ。多くの商人をかかえ込み全土で商売をしている。貴族でも下手に逆らうことができないほど影響力がある商会よ」

「よい噂もあれば悪い噂もある」

「もしかして、今回の商人の行動も？」

「後ろで糸を引いているかもしれないし、なにも関係がないかもしれない」

「でも、ボルナルド商会にグランお爺ちゃんの領地が狙《ねら》われているようだったら面倒ね」

この世界にも裏社会みたいなものがあるのかな？

でも、そのボルナルド商会がサルバード家と繋がっていたら、グランさんが考えている商人や有力者たちを引き込むのは難しいようだな。パーティーに関係なく、無理ゲーだ。初めから決まっているエンディングになる。でも、パーティーが成功しなかったら、エンディングが早まる。どちらにしてもパーティーを成功させるために料理人は必要になる。

「それで、ゼレフさんは貸してくれるの？」

現状でそのボルナルド商会が関わっているとしても、わたしにできることはなにもない。料理人のゼレフさんを連れていくだけだ。

「そうだな。料理人が襲われたことに対して、俺が口を挟むことはできないが……。でも、ファーレングラム家の爺さんの誕生日パーティーだ。ゼレフの貸し出しを許可する」

そもそも、料理人１人が襲われたからといって国王が出てくるようなことではない。王宮料理長のゼレフさんが襲われたのならまだしも、地方貴族の料理人が襲われただけだ。しかも、犯人は分からない。あくまでサルバード家が怪しいというだけで、まだ確定したわけではない。

それに地方の小さな犯罪をいちいち国王のところに持ってきていたら国王の仕事ができなくなる。

日本でいえば町で殴られて怪我をした人物が、怪しい人物がいるから調べてほしいと総理大臣にお願いをしているようなものだ。犯人を見つけるのは領主であるグランさんの仕事だ。犯人が平民ならグランさんが裁けばいいし。相手がサルバード家なら、そのときは証拠と一緒に国王に報告すればいい。

「ただし、ゼレフの件はエレローラからの頼みってことで処理をしておく。いいな」

国王がエレローラさんを見る。

「いいわよ。夫のクリフも出席しているし、ほかの貴族が文句を言ってきても、言い訳にはなるでしょう」

王宮料理長のゼレフさんがグランさんのパーティーの料理を作るには理由が必要になる。流石《さすが》にクマの格好をしたわたしから頼まれたとは言えないよね。

話も纏《まと》まり、調理場にいるゼレフさんのところに向かう。

191 クマさん、王宮料理長に会いにいく

国王の許可をもらったので、ゼレフさんのところに向かう。なぜか隣にはエレローラさんの代わりに国王の姿がある。部屋を出る前に次のようなやり取りがあったためだ。

「エレローラ。俺が付き添うから、おまえは仕事に戻っていいぞ」

「ちょ、どうしてよ。わたしが付き添うわよ」

「ダメだ。おまえは仕事しろ。それに、俺からゼレフに説明をしたほうが早いだろう」

「ちゃんと、仕事はしているわよ。説明なら、わたしでもできるわよ」

「それではエレローラ様。先日の案件はどうなっていますか?」

国王の隣にいた男性がエレローラさんに尋ねる。

「ザング? ああ、あれはまだよ」

目を逸《そ》らしながら答えるエレローラさん。

「早急にお願いします」

ザングと呼ばれた男性は優しく、だけど強い口調でお願いをする。

「うぅ、分かったわよ。ユナちゃん、それじゃまたね。今度来るときは、美味《おい》しいものを

「父上もすぐに戻ってきてくださいよ。なにかあるとすぐに抜け出すんですから。エレローラ同様、父上も仕事は山積みなんですよ」

息子の王子から言われる。

「分かっている。人をいつもサボっているみたいに言うな」

「そちらのクマのお嬢さんが来ると毎回抜け出しますよね」

王子がわたしのほうを見る。だから、なぜ、わたしを見るかな？

わたしは一度たりとも国王を呼んだことはない。勝手に来るんだよ。そんな、わたしのせいみたいな目で見るのはやめてくれないかな。今回はわたしのせいかもしれないけど、いつもは違うよ。知らないところで王子に誤解されているような気がする。

こうやって、人は身に覚えのないことで嫌われたり、恨みを買うんだね。塵《ちり》も積もって山になって、後ろから刺されたりするんだ。わたしのせいじゃないのに。

そんなに国王に仕事をさせたかったら、椅子に縛りつけておけばいい。そうすれば、国王は仕事をする。王子は仕事が増えない。わたしは邪魔をされない。一石三鳥だ。今度会うことがあれば、進言しておこう。

まして、フローラ様の兄なんだから、印象はよくしておかないと。今後、フローラ様に会うのに支障が出るかもしれない。

いやいや仕事に向かうエレローラさんとは別れて、国王と調理場に向かう。調理場では多くの料理人が仕事をしていた。

「多いね」

「そりゃ、この城で働く者たちの食事を用意しているんだ。全員分ではないとはいえ、かなりの量を作るからな」

なかには弁当を持参する者もいるけど、ほとんどの者が食堂などで食べるらしい。

調理場の入り口に国王とわたしが立つと目立ち、注目を浴びる。この城で一番偉い国王とクマの着ぐるみを着ているわたしだ。目立たないわけがない。

「クマだ」「なんでクマがここに?」「あのクマか?」「噂《うわさ》のクマか!」「でも、本当にクマなんだ」「なんだよ。おまえ見るの初めてかよ」「俺よりも年下か?」「しかも、小さいぞ」「それにあの格好はなんだ」「おい、聞こえるぞ」「怒らせたら料理長に叱《しか》られるぞ」

いや、聞こえているよ。それ以前に国王よりもわたしのほうが視線を集めている? おかしくない? 普通、国で一番偉い人が来たらそっちを気にするもんじゃない?

「おい、誰かクマに話しかけろよ」「おまえが行けよ」「あっ、国王陛下もいらっしゃるぞ」

押しつけ合いが始まりだした。いや、そこはわたしよりも、この国で一番偉い国王に挨《あい》拶《さつ》でしょう。あなたたちおかしいよ。誰も近寄ってこないのでわたしから声をかけようとしたら、小太りの料理人がやってきた。

「国王陛下にユナ殿も、このようなところに、なにかご用ですか?」

声をかけてきたのはゼレフさんだ。

しかも、ちゃんと挨拶の順番が分かっている。最初に国王、次にわたしの名を呼ぶ。流石《さすが》、王宮料理長だ。

「もしかして、新しい料理を持ってきてくださったんですか!?」

目を輝かせ、子供のような顔で尋ねてくる。

「今日はゼレフさんにお願いがあってきたの」

「わたしにお願いですか？」

「ゼレフ、おまえにはユナと一緒にシーリンの街へ行ってもらう」

いきなりの国王の言葉に驚くゼレフさん。

「シーリンの街ですか。でも、どうしてですか？」

「ファーレングラム家のパーティーが行われるんだが、料理人が怪我をして料理ができなくなってしまった。そこで、ユナがおまえさんにお願いしたいときた」

「ユナ殿が」

ゼレフさんが国王からわたしに視線を移す。

「お願いできるかな？　パーティー用の料理を作れる知り合いはゼレフさんしかいなくて」

「国王陛下の許可があればもちろん、お手伝いさせていただきますが、よろしいのですか？」

　ゼレフさんが国王を見る。

「俺もおまえもユナには世話になっているだろう。しっかり、ユナの頼みを聞いてやれ」

「分かりました。ユナ殿、それでは自分が料理を作らせていただきます」

「ありがとう、ゼレフさん」

「いえ、いつも美味しい料理を食べさせてもらって、レシピまで教えてもらっているのです。いつかお返しをしたいと思っていましたから、お気になさらずに」

　無事にゼレフさんの承諾も取り付けることができた。

　このままここで会話を続けるとほかの料理人に迷惑がかかるので、別の場所で詳しい話をすることになった。

　ゼレフさんは調理場を離れる前に副料理長らしき人物にいろいろと指示を出す。指示が終わると、隣の部屋に移動する。


「それで、パーティーとはどのようなパーティーで？　人数は？　どのようなお客様が来るのでしょうか？　パーティーはいつあるのですか？」

　わたしは知っている範囲内でゼレフさんに説明する。

「2日後ですか？　それだと間に合わないのでは？」

「ゼレフさんにはわたしのクマの召喚獣に乗ってもらうよ。馬じゃ間に合わないけど、わたしのクマの召喚獣なら十分に間に合うよ」

「あのクマに乗せてもらえるのですか!?」

たぶん、間に合うはずだ。

「分かりました。でも、それでもギリギリですよね。シーリンで食材選びをして、買っている時間はなさそうですね」

「シーリンにゼレフさんが欲しがる食材があるとは限らないし、出発前に王都で買っていく？」

サルバード家のやり口を考えると、食材が集まらない可能性もあるし、妨害される危険もある。それなら王都で買っていったほうがいい。

「その時間ももったいないですな。国王陛下、王宮の食材の持ち出し許可をもらえませんか？」

「ああ、かまわない。ただし、数は報告しろよ」

「はい」

「食材の請求はわたしにしておいて。あとでグランさんに請求するから」

「そのぐらい、気にしなくてもいいぞ」

「ダメだよ。そこはしっかりしないと」

ただより高いものはないというし。

まあ、支払いはグランさんだけど。

「分かった。請求書はあとでユナに渡す」

「あと、国王陛下、アイテム袋の使用許可をいただけますか？　量が多いので、流石にわたしが持っているアイテム袋では全てを持ち運ぶことができませんので」

「大丈夫だよ。わたしのアイテム袋なら入るから」

「本当ですか⁉」

「うん、それぐらい入るから」

「それでは、今すぐに食材を集めに倉庫に行きましょう」

「それじゃ、俺はそろそろ戻らないと怒られるから行くぞ。あとのことは頼んだぞ、ゼレフ」

「はい、かしこまりました」

「ありがとうね」

最後に国王にお礼を言う。

「また美味しいものを持ってきてくれればいい」

国王は去っていき、わたしたちは倉庫に向かう。倉庫の位置はキッチンの側にあるという。まあ、近くにないと不便だからね。

倉庫の中に入ると冷えている。

「それでは食材を箱に詰めていきますので、お願いをしてもよろしいですか？」

「いいよ。好きなだけ詰めちゃって。足りないといけないから多めにお願いね」

わたしがそう言うと、ゼレフさんは箱に食材を詰めていく。一杯になるとわたしがクマボックスにしまう。

　その繰り返しを行う。

「ユナ殿、今回はありがとうございます」

「……なに？」

　お礼を言われる理由が分からなかった。お礼を言うならわたしのほうだろう。

「王宮の料理長になってから、遠出をしたことがなかったので実は楽しみなんです。別に今の立場が嫌ではないですよ。楽しいし、国王陛下に信頼を受けているのは光栄であり、嬉しいですから。ユナ殿の作る料理にも出合えましたし、感謝しています」

「迷惑になっていなければいいんだけど」

「いえ、そんなことは思っていませんよ。それに、今携わっているお店も楽しいです。忙しいですが、貴重な経験になっています」

「そうだ。お店はどうなっているの？」

「お店のほうですか？　詳しいことはエレローラ様にお聞きしないと分かりませんが、料理人のほうはどこに出しても恥ずかしくないように教育しています。ただ、メニューが決まらなくて困っているところでしょうか」

「そうなんだ」

「はい。でも、それを考えるのも楽しいです」

　楽しそうでよかった。

でも、忙しいなか、迷惑をかけてしまっている。ゼレフさんは感謝をしてくれているみたいだけど。

今度、お礼として新しい料理をゼレフさんに持っていかないとダメだね。

192　クマさん、王宮料理長と出発する

ゼレフさんが用意した食材をクマボックスにしまい終わった。かなりの量になっているが、シーリンの街に行ってから足りないと騒ぐよりはいい。それに量が増えたからといって重たくなるわけでもない。

「最後に酒蔵もいいですか。パーティーには必要だと思いますので」

お酒か。確かにパーティーには必要なんだろうね。わたしは貴族のパーティーは物語の中でしか知らない。確かに思い出してみると、グラスにワインを入れて飲んでいるイメージがある。

酒蔵に行くとゼレフさんが指定するお酒をクマボックスにしまっていく。

う〜ん、お酒は飲まないから、見てもよし悪しが分からない。もっとも、飲んでも分かるかどうか分からないけどね。

「これで、終わり?」

指定された最後のお酒をしまって終了だ。

「あとは、わたしのキッチンに戻って調味料を持っていきます」

キッチンに戻り、調味料をしまっていくゼレフさん。いろいろな調味料があるんだね。このなかにわたしが欲しい調味料もあるかもしれない。機会があったら見せてもらうのもいいかもしれない。

「ユナ殿、準備が終わりました」

「それじゃ、すぐにでも出発したいけどいいかな？」

間に合うと思うけど、フィナたちのことも気になるし、少しでも早いほうがいい。

「はい。いつでもかまいません」

「忘れ物はないよね。取りに戻ってこれないよ」

クマの転移門があるけど、流石《さすが》にゼレフさんを連れて使うことはためらわれる。

「大丈夫です。いや、待ってください」

そう言うとキッチンの奥に小走りで向かう。

「包丁を忘れていました。向こうの包丁を使ってもよいのですが、やっぱり使いなれているものが一番ですから」

これで忘れ物はないようだ。

ただ、ゼレフさんは料理人の服装のままだ。このまま出発するわけにもいかなかったので、着替えてから出発することにする。

準備も終わり、城を出ようとすると王都の外に出るまで馬車が用意されていた。準備をしてくれたのはエレローラさんとのこと。

こういう細かいところに気が回るエレローラさんは凄《すご》い。お城から王都の外に出るには、歩きだと時間がかかるし、乗り合いの馬車だと目立つ。主にわたしのせいで。

エレローラさんに感謝して、馬車で門まで向かう。時間を短縮できたことに感謝する。

王都の外に出るとくまゆるとくまきゅうを召喚する。

「おお、手から出てきました！」

ゼレフさんが感動している。

「しかも、大きい」

ゼレフさんは子熊化したクマしか見たことがなかったっけ？

「それでユナ殿、どちらのクマに乗せてもらえるのですか？」

ゼレフさんは嬉しそうに、くまゆるとくまきゅうを交互に見る。

「ゼレフさん、怖がらないんだね」

「小さなクマたちは以前にも見させてもらってますし、なによりもフローラ様の楽しそうな姿を拝見していますから。怖さはないです」

「でも、あのときは小さかったけど。こっちは大きいよ」

「確かにそうですが。顔の表情とかは同じですし、怖くはないですよ」

そう言ってもらえると嬉しい。怖がりながら乗られたら、くまゆるとくまきゅうが可哀《かわい》想《そう》だからね。

「それじゃ、ゼレフさんはくまきゅうに乗ってもらえますか？」

「確か、くまきゅう殿は白いほうでしたな」

ゼレフさんはくまきゅうの正面に立つ。

「くまきゅう殿、重いかもしれませんが、お願いします」

ゼレフさんはくまきゅうに頭を下げて挨拶《あいさつ》をする。それに対してくまきゅうは頷《うなず》き、くるっと半回転して腰を落として、ゼレフさんが乗りやすいようにする。

「くまきゅう殿、ありがとうございます」

そう言って小太りなゼレフさんはくまきゅうに乗る。ゼレフさんが乗ったのを確認するとくまきゅうはゆっくりと立ち上がる。くまきゅうは重さを感じさせることもなく簡単に立ち上がる。

まあ、ゼレフさんが多少太っていても、くまきゅうにとってはそれほどの重さじゃない。

わたしもくまゆるに飛び乗る。

「それじゃ、出発しますね。初めはゆっくりと行くけど、徐々に速度を上げるからね」

「お手柔らかにお願いします」

わたしたちはシーリンの街に向けて出発する。わたしたちを乗せたくまゆるとくまきゅうは軽く走る程度で街道を駆けていく。

「馬よりも快適ですね」

「ゼレフさん、馬に乗れるの？」

言っては悪いが、馬に乗れるようには見えない。

「基本、乗りはしませんが。王宮勤めだと有事の際など、必要になる可能性がありますので、最低限乗れるように義務づけられているのですよ。ですが、わたしは馬に乗るのは上手ではありませんが……」

最後の一言は小さく言うが、わたしにはちゃんと聞こえている。でも有事の際って、ゼレフさんは料理人として、出兵することを言っているのかな？

「まあ、もっとも、馬に乗る機会は今後もありそうもないですが」

確かにそんな戦いが近々起きるような話は聞いた覚えはない。あるとすれば遠くにいる魔物を討伐するために出兵するとか？　それだってゼレフさんが従軍するとは思えない。ゼレフさんが参加するってことは王族が参加するってことだ。だから、本当に有事の際のために最低限、馬に乗る練習をしたのだろう。

ゼレフさんがくまきゅうに乗り慣れてきたところで、速度を上げてシーリンの街へと急ぐ。

数時間後、一度休憩を入れて、くまゆるとくまきゅうを休ませる。いくら召喚獣だからといっても、休みなく走らせることはしない。

「それにしてもくまきゅう殿は乗りやすいですな。もしかして、わたしは馬よりクマに乗る才能があるのかもしれません」

いや、乗りやすい、疲れにくいはくまきゅうのおかげだから。

休憩も終わり、ゼレフさんはくまきゅうに近づこうとする。そんなゼレフさんを引き止める。

「ゼレフさん、今度はくまゆるに乗ってもらえますか？」

休憩を終えゼレフさんがくまきゅうに近づいて乗ろうとした瞬間、くまきゅうが悲しそうな顔をしたのが見えた。決してゼレフさんを嫌がっているのではない。ただ、わたしを乗せたいと思っているのだ。

「くまゆる殿ですか？　かまいませんが、どうしてですか？」

「わたしが片方の子だけ乗り続けたりかまったりすると、もう片方の子がいじけちゃうから、交互に乗るようにしているんですよ」

乗り換える理由をゼレフさんに説明する。

「なるほど、それなら今度はくまゆる殿に乗ればいいのですね」

ゼレフさんはすぐに理解してくれて、くまゆるに近づくとくまきゅう同様に挨拶をする。

「くまゆる殿、よろしくお願いします」

くまゆるは「くぅ～ん」と鳴いて返事をする。わたしはくまきゅうに近づくと、くまきゅうは嬉しそうに近寄ってくる。頭を撫《な》でてあげてからくまきゅうに乗り、出発する。

魔物との遭遇もなく、順調に進む。魔物が現れたとしても、下級魔物程度ではくまゆるとくまきゅうの速度には追いつけない。くまゆるとくまきゅうはさらに速度を上げる。

くまきゅうに乗り換えて数時間経ち、日が沈むと、あたりは薄暗くなってくる。くまゆるとくまきゅうなら、強行軍も可能だけど、無理はしない。

2日後がパーティーだから、明日の昼頃に到着して、下準備に取りかかれば間に合う。ゼレフさんに声をかけて、このあたりで夜営することを伝える。ゼレフさんはくまゆるから降りて、撫でてお礼を言っている。

「くまゆる殿、ありがとうございました」

それに対してくまゆるは鳴くことで返事をする。わたしはクマボックスから薪を出して火を熾《おこ》し、その周りに椅子を2つ出す。流石にクマハウスの使用は控える。

「それじゃ、すぐに食事の準備をしますね」

「それなら、自分が……」

ゼレフさんが申し出てくれるが調理することはない。わたしはモリンさんが作ったパンとアンズが作ったスープを出す。

「自分の出番がありませんね」

「ゼレフさんには街に着いたら頑張ってもらうよ」

「期待に沿えるよう、頑張らせていただきます」

パンとスープを受け取ったゼレフさんは美味《おい》しそうに食べる。

「このパンとスープはユナ殿が？」

「違うよ。クリモニアにあるお店で販売しているパンとスープだよ」

「どちらも、美味しく、素晴らしいです」

「王宮の料理長が褒めていたって、伝えておくよ」

わたしが冗談っぽく言うと。

「別にお世辞とかじゃありませんよ。本当に美味しいです。基本がしっかりしています。だから、こんなに美味しくなるんですよ」

ゼレフさんはパンを食べ、スープを飲む。

「今度はクリモニアにも行ってみたいですな」

「わたしの街じゃないけど。いつでも歓迎するよ」

「そのときはよろしくお願いします」

食事を終えて、特にやることもないので、くまゆるとくまきゅうのブラッシングをしてあげる。その様子を見ていたゼレフさんが話しかけてくる。

「それにしても、わたしが乗ってもくまゆる殿とくまきゅう殿は疲れた様子はありませんね」

ゼレフさんは笑いながら膨らんでいる自分のおなかを擦《さす》る。

「ゼレフさんは少し食べ過ぎなんじゃない？」

料理人はよく味見などをするから、太るという話を聞く。

「それを言われると耳が痛いです。でも、部下たちが作った料理を食べるのも料理長としての役目ですからね。しっかり試食をして、どこが悪いのか指摘しないといけませんからね」

「しっかり教えているんだ。見て覚えろっていうんじゃないんだ」

「確かに、そのように教える料理人もいますが、わたしはダメですね。それに王宮の料理人になる者は基本ができてますから。一度教えれば、ある程度のものは覚えますよ」

それはそうか。王宮で料理をする者たちだ。新人でもそれなりの技術がないとなれないのかな。

「ユナ殿は、どこであの料理を教わったのですか？」

答えづらい質問だ。

人からは教わっていない。ほとんどが独学で、ネットや本で仕入れた知識だ。だから、教わった人物はいない。だからといって、そんなことは言えるはずもない。

「すみません。答えられないようだったらいいです。ただ、ユナ殿が作る料理には不思議なものが多かったので……」

わたしが黙っていたことを気にしたのか、ゼレフさんが頭を下げて謝る。

「違うよ。料理は誰にも教わっていないから、どう答えようかと思っていただけ」

「それでは、あの料理はユナ殿が考えたのですか？」

わたしは首を横に振る。

「遠く離れた場所にある、わたしの故郷の料理だから、知っていただけ」

「ユナ殿の故郷ですか？」

「うん、だから、わたしが考えたわけじゃないよ」

「そうだったんですか。世界は広いですな」

うん、広いと思うよ。異世界があるなんて思ってもいなかったよ。本当に世界は広い。

「いつかは、ユナ殿の故郷にも行ってみたいですな」

わたしはそのゼレフさんの何気ない一言に返答ができなかった。

ただ、沈黙が流れていく。

ゼレフさんは何かを感じとったのか、それ以上はなにも聞いてこない。

「そろそろ、寝ようか？」

「そうですな。でも、見張りはどうしましょう。自慢ではありませんが、自分は夜は弱いです」

確かに自慢することじゃないね。

「大丈夫だよ。くまゆるとくまきゅうがいるから。危険なことがあればすぐに教えてくれるよ」

わたしの側にいるくまゆるとくまきゅうを見る。

「そうですか。くまゆる殿とくまきゅう殿は見張りまでできるんですね」

「だから、安心して寝ていいよ。ちなみにわたしを襲ったらくまゆるとくまきゅうが襲うからね」

笑顔で忠告しておく。

「それは怖いですな。わたしは死にたくありませんから、そんなことはしませんよ。なにより、ユナ殿はもちろん、くまゆる殿とくまきゅう殿には嫌われたくありませんからね」

ゼレフさんは笑いながら毛布にくるまると横になる。わたしはくまゆるとくまきゅうに挟まれながら眠りに落ちていく。

193　クマさん、王宮料理長を連れて戻ってくる

早朝、くまゆるとくまきゅうに抱かれて気持ちよく寝ていると朝日が目に入ってくる。

もう、朝か。寝つきのよいわたしは寝起きもよい。

「くまゆる、くまきゅう、おはよう」

くまゆるとくまきゅうに挨拶《あいさつ》をして立ち上がり、背すじを伸ばす。くまゆるとくまきゅうのベッドもいいけど、やっぱり布団でしっかりと寝たいね。わたしがくまゆるとくまきゅうに挨拶をした声で起きたのか、毛布にくるまっていたゼレフさんも起きだす。

「ユナ殿、おはようございます」

「おはよう。それじゃ、朝食を食べたら出発しますね」

「分かりました」

夕食同様、簡単に朝食を済ませると、すぐに出発する。

魔物や盗賊に出会うこともなく、順調に進む。

「ゼレフさん、大丈夫？　疲れたりしてない？」

「大丈夫ですよ。前に馬に乗ったときは、腰やいろんなところが痛くなりましたが、くま

ゆる殿たちは乗り心地がよくて、疲れません」

なら、このまま進んでも大丈夫そうだ。クリフも待っているので急ぐ。くまゆるとくまきゅうには頑張ってもらう。


くまゆるとくまきゅうの頑張りにより、昼から少し過ぎたころにシーリンの街の外壁が見えてきた。

う〜ん、このまま進みたいけど。門兵に召喚獣のことを説明をするのが面倒だ。


「ゼレフさん、ここから歩いていきたいんだけどいい？」

「えっ、ここから歩くのですか？」

「門兵に召喚獣のことを説明するのが面倒なので、街の近くに来たら降りることにしているんですよ」

「ああ、なるほど。分かりました。よい運動と思って歩きます」

ゼレフさんは自分のおなかを擦《さす》る。

少し歩いただけじゃ痩せないと思うよ。しかも、たいした距離じゃない。毎日歩けばそれなりにいい距離かもしれないけど。一日じゃ、焼け石に水だ。

まあ、わたしは運動に関しては人のことは言えない。何度か、着ぐるみを脱いだ状態で運動をしようとしたことがあるが、あまりにも体力がなく、疲れてしまい、運動は諦めたのだ。運動は継続的に行わないと体力はつかないし、痩せない。

くまゆるとくまきゅうを送還すると、わたしとゼレフさんは徒歩で街に向かう。

「おまえさんは先日のクマ？」

いろいろと聞かれると面倒なのでギルドカードを水晶板に翳《かざ》して、さっさと街の中に入る。

「ここがシーリンの街ですか」

ゼレフさんは周りを見回す。

「シーリンの街に来たことはないの？」

「自分は王都生まれで。ほとんど王都から出ずに、料理の勉強をしてましたから」

そのぐらい料理の勉強をしないと王宮料理長にはなれないんだね。

1つのことに集中できないわたしには無理だ。あっちこっちに手を出しまくって、手が回らなくなるのがわたしだ。始めるのはいいけど、最後には面倒になって放り投げる。典型的なダメ人間だ。

その点、この世界の住人には、1つのことをやり遂げる人が多い。

でも、料理に興味があり過ぎるのも困りものだ。ゼレフさんは食べ物屋さんを見つけると、そのお店に向かおうとする。

「ゼレフさん、それはパーティーが終わってからにして」

「ですが……」

「『ですが』じゃ、ないよ。パーティーは明日なんだから、急ぐよ」

「うぅ」

ゼレフさんを連れてグランさんのお屋敷を目指す。

もしかして、またランドルに出会う可能性も危惧《きぐ》したが、そんなこともなく無事にグランさんのお屋敷に到着した。

門番はわたしを見ると驚く。

「中に入っても大丈夫？」

「はい、グラン様から伺っています。お客様も一緒に通すように言われてます」

連絡がついていたようで、ゼレフさんも怪しまれることなくお屋敷の中に入る。

「ユナ様！」

お屋敷の中に入るとメーシュンさんが駆け寄ってくる。

「ただいま、グランさんとクリフに会えるかな？」

「はい、戻ってこられたら、すぐにお呼びするように言われてます」

メーシュンさんの案内で前回と同じ、クリフとグランさんがいた部屋に案内される。

「グラン様、ユナ様がお戻りになられました」

「ユナ!?」

「戻ったのか！」

グランさんとクリフがわたしの登場に驚く。

そして、部屋の中には知らない人物が1人いる。誰だろう？

「今、戻ってきたところ。えっと、その人は？」

ゼレフさんのことを話してもいいのか分からなかったので尋ねる。

「息子のレオナルドだ。気が弱いがわしの息子じゃ」

「親父、気が弱いは余計だ。挨拶が遅れて申し訳ない。ミサーナの父親のレオナルドです。今回は娘と父がお世話になったようで、ありがとう。え〜と、クマさん？」

「ユナ」

「そうでした。すみません。娘と親父からクマ、クマと話を聞くので。それに現れたのが本当にクマの格好をしていたので」

レオナルドさんは謝罪する。ミサの父親だったんだね。

でも、グランさんじゃないけど、細身の体で気が弱そうな人だ。本当に貴族なのか疑いたくなる。

「それでユナ。料理人は？」

クリフが真面目な表情で尋ねてくる。

グランさんの息子ならゼレフさんのことを紹介しても大丈夫だよね。

「連れてきたよ」

わたしがそう言うと、出るタイミングを待っていたゼレフさんが部屋の中に入ってくる。

「このたびはユナ殿に頼まれて、グラン様のパーティー料理を作らせていただくことになりました、ゼレフと申します」

ゼレフさんは一礼をする。

「ゼレフ……、失礼じゃが、どこかでお会いしたことはあるかな。ゼレフ殿をどこかで見かけた気がするのじゃが、年のせいか思い出せない」

「ユナ……、おまえ、知り合いの料理人って……」

グランさんはゼレフさんを見ると顎《あご》に手を当てて考える。クリフはゼレフさんを見たあと、わたしを呆《あき》れたように見ている。レオナルドさんは口を開けて、パクパクしている。

「クリフはゼレフ殿を知っているのか？」

「グラン爺《じい》さん。ボケるのが早いぞ。グラン爺さんも知っている人物だぞ。レオは気づいたらしいが」

「会っている？　確かに見覚えがあるが思い出せん。ゼレフ殿、もし会っているようでしたら申し訳ない」

グランさんは謝罪をする。

どうやら、クリフとレオナルドさんはゼレフさんのことを分かっているらしい。

「いえ、お気になさらず。たぶん面と向かってお会いするのは初めてです」

「そうなのか？」

「自分は王宮料理長を務めさせてもらっているゼレフと申します。たぶん、国王陛下のパーティーの折にでも、お目にかかったのでしょう」

「王宮料理長!?」

改めて自己紹介をするゼレフさんに、グランさんは目を丸くして驚く。クリフとレオナルドさんはやっぱりという顔をしている。

「ユナ。知り合いって、ゼレフ殿のことだったのか!?」

「うん、一流の料理人ってゼレフさんしか知らないし」

「ユナ殿に一流と言われるとは光栄ですな」

ゼレフさんは照れたような仕草をする。

グランさんはゼレフさんの正体を知ると慌てて、椅子を勧めてくる。その言葉に甘え、わたしたちは席に座る。

「それで、本当に料理を作ってもらえるのでしょうか？」

「ユナ殿に頼まれました。それに国王陛下からもユナ殿の手伝いをするよう仰せつかっています」

「国王陛下……」

国王の言葉が出た瞬間、部屋に沈黙が流れる。グランさん親子は驚き、クリフは呆れ顔になっている。

「おまえ、どうやったら、王宮料理長を連れてこれるんだ」

「うん？　普通に国王様にお願いしただけだよ」

「普通は国王陛下に頼むこともできないし、王宮料理長がほかの貴族のパーティー料理を作るなんて聞いたことがないぞ」

「これも人徳がなせる技だね」

「あのなあ」

クリフが呆れたようにため息を吐《つ》く。

「確かに、国王陛下自ら、わたしに頼みにいらっしゃったときは驚きました。それだけ、ユナ殿を信頼されているということでしょう」

「あっ、でも、今回のことはクリフがエレローラさんに頼んだことになっているから」

わたしは国王に言われたことをクリフに話す。

「後日、国王陛下にお礼を言いに王都に行かないといけないな」

「どうして？」

「エレローラ経由でゼレフ殿が来たことになっているなら、礼を言わねばならないだろう」

「それは表向きだよ。なにか、ゼレフさんを動かす理由が欲しかったみたい」

「だから、行かねばならない」

「その前に謁見伺い手紙を出さないとならぬな」

グランさんは小さくため息を吐く。

なんか貴族って、建前とか、表向きとか、裏とか、面倒くさいね。わたしが独り言を呟《つぶや》くと、クリフには届いていたらしく。

「普通はな。国王陛下に会いに行って、すぐに会えることはまずないんだぞ。数日前から手紙などを送って約束を取り付けるものだ。だから、おまえさんがおかしいんだからな。これが普通なんだからな」

そんなことを言われたけど。そんなの知らないよ。

フローラ様に会いに行けば勝手に部屋に来るし、今回だって、エレローラさんに頼んだら普通に会えたし。そう考えると、やっぱり、変なのかな？

クリフは疲れたような顔をして、グランさんは困り顔、レオナルドさんは未《いま》だに驚いている。それだけ、ゼレフさんが凄《すご》いってことだろう。

「それで3人は集まって、どうしたの？」

「ユナ。おまえさんが間に合わなかったときの話をしていた」

「それで？」

「なにも決まらなかった。代わりの料理人はいない。いたとしても、実力が伴わない。お手上げ状態だ」

「相手の都合もあるから、延期はできない。最終手段はお酒だけのパーティーも考えた」

「子供も参加するんでしょう」

「子供は果汁だ」

想像するだけで、盛り上がらないパーティーだ。料理を食べ終わったあとならいいけど。初めから最後まで飲み物だけって、流石《さすが》にダメだろう。

「でも、ゼレフ殿が来てくれたので肩の荷が下ろせました」

「お礼ならユナ殿に。自分はユナ殿に恩があるので、少しでも返したいと思っただけです」

「嬢ちゃん。このたびはゼレフ殿を連れてきてくれて感謝する。これで嬢ちゃんに救われるのは2度目じゃな」

グランさんがテーブルに手をついて頭を下げる。

「気にしないでいいよ。もし、パーティーができなかったら、ミサの誕生日パーティーもできなくなるってことでしょう。わたしはミサのためにしただけだから。それにわたし以上にミサのパーティーができないと悲しむ子がいるからね」

なによりも、あの3人の娘たちが悲しむところは見たくないのが一番の理由だと思う。

「それで、ゼレフ殿。パーティーは明日ですが間に合うでしょうか？」

「食材も王都で準備してきました。今から下準備をすれば間に合います」

ゼレフさんは心強く答えてくれる。頼もしい限りだ。

「ありがとうございます。どうか、よろしくお願いします」

わたしは食材って言葉で思い出す。

「ああ、そうだ。食材だけど。あとでグランさんに請求書送るね。国王からわたしに請求が来ることになっているから」

「国王陛下から請求……」

「うん、だからよろしくね」

わたしの言葉に絶句するグランさんとレオナルドさん。

「これは早急に国王陛下にお目通しをお願いしないとならぬな」

グランさんの言葉にクリフは深く頷いた。

194 クマさん、ゼレフさんと調理場に向かう

ゼレフさんの紹介も終わり、ゼレフさんはパーティーに参加する人数やどのような人が参加するかを尋ねる。

参加人数は50名前後、主に近隣の貴族が数名、街の商人、有力者たちが多くを占めるらしい。

参加人数を確認したゼレフさんはさっそく、下準備をしたい旨をグランさんに伝える。明日がパーティーだ。急いで下準備をしないといけない。

ゼレフさんはメーシュンさんの案内でキッチンに向かう。わたしも食材を持っているので、一緒についていく。

「ここがキッチンです。ご自由にお使いください。これからゼレフ様の補佐をする者を呼んできますので、少々お待ちください」

メーシュンさんはわたしたちをキッチンに案内するとすぐに出ていく。

調理の補佐はゼレフさんがお願いしたことだ。食材を運んだり、食材を洗ったり、大人数の料理を作るには、いろいろと手伝ってもらう者が必要なためだ。グランさんに人数を

聞かれるとゼレフさんは3名と答えた。

少ないように思ったけど、メインは1人で作るそうだ。だから、補佐をしてくれる人がいれば十分らしい。

「それではユナ殿、お願いします」

「ここに出していいの？　冷蔵倉庫にしまうならしまうけど」

ここに出すと二度手間になる可能性もある。

「下ごしらえもありますから、ここでかまいません。すぐに使うもの、使わないものはこちらで判断しますので」

ゼレフさんはわたしに食材を出すことを頼むと、調理器具の確認をし始める。わたしはキッチンの隅に王都から持ってきた食材の入った箱を出していく。わたしが食材をクマボックスから全て出したころ、ドアのほうが騒がしくなる。

「ボッツさん、まだ安静にしてないと」

「どけ！　俺がグラン様に頼まれたんだ。グラン様との約束だ」

「ですが、その腕では」

「どこの誰かも分からない料理人に任せるわけにはいかない」

「新しく来られた方でしたら大丈夫です。グラン様が認めた方です」

「それは俺が確認する。ドアを開けろ」

ドアの外の声がここまで聞こえてくる。

どうやら、このお屋敷の料理長が怒っているみたいだ。ちゃんと説明が行き届いていないようだ。わたしがどうしたものかと考えているとゼレフさんがドアに向けて歩きだす。

「ゼレフさん？」

「料理人が自分の仕事を取られて怒るのは当然です。自分が話をします」

ゼレフさんがドアを開けると、メーシュンさんと、腕に包帯を巻かれた男性がキッチンに入ってくる。

「おまえが頼まれた料理人か……」

入ってきた男性はゼレフさんの顔を見るなり、言葉が止まる。

「……ゼレフか？」

「……ボッツですか？」

「どうして、ゼレフがここに？」

なんか、知り合いみたいだ。

ゼレフさんは王宮料理長だ。だから、知られていてもおかしくはないけど。ゼレフさんも相手のことを知っているみたいだ。

「どうしてって、今ボッツが文句を言おうとしていたグラン様のパーティー料理を作る料理人ですよ」

「えっ、ゼレフが？　でも、確か、ゼレフは王宮料理長をしているはずじゃなかったか？」

「今でもしていますよ。今回はそこにいるユナ殿に頼まれて、腕に怪我をした料理人の代わりに、パーティーの料理を作ることになりました」

ボッツと呼ばれた男性はわたしを見る。そして、一言。

「クマ？」

「ユナ殿です。そして、わたしはユナ殿に恩があり、今回のパーティーの料理を引き受けさせてもらいました」

「クマに恩？　ゼレフが料理を作る？」

ボッツさんは頭にクエスチョンマークを乗せる。状況が飲み込めないみたいだ。

「ゼレフさん、グランさんの料理人を知っているんですか？」

「はい。自分が王宮の前に働いていたレストランで一緒に働いていました」

「そのときにゼレフは副料理長をしていた。俺はその下で働いていた」

ボッツさんが説明を付け足してくれる。あれ、ボッツさんが副料理長じゃなかったっけ？

うろ覚えだけど。

「でも、自分はしばらくして当時の王宮の料理長の目に留まり、王宮の料理人として働くことになったのです」

なるほど、そんな経緯があったのか。

「でも、ボッツは確か副料理長になったと噂《うわさ》で聞いていたのですが。どうしてここに？」

ああ、やっぱり、ボッツさんは副料理長だったんだね。

「料理長と喧嘩《けんか》をして、首になった」

「喧嘩？」

「自分のミスをほかの料理人のせいにしたり、いろいろと嫌がらせをしたり、ほかの料理人を殴ったりしてな。それで、ムカついて喧嘩になって首になった」

「モルーグ料理長はそんなことをするような人ではなかったはずですが」

「年だったから引退したよ。今の料理長はボルサックという男だ。ゼレフが辞めたあとに入ってきた男だ。確かに料理の腕はよかったが性格が悪かった」

「それで、喧嘩になって辞めたと？」

「副料理長の立場だったから、我慢していたが、我慢の限界がきて、ついな……」

「ついって……」

「しかも、ボルサックのやつ。ご丁寧にギルドに圧力をかけて、俺に王都で仕事をさせないようにしやがった」

当時のことを思い出したのか、ボッツさんは苛立《いらだ》ち始める。

「そのおかげで、上司に暴力を振るう料理人と噂が広まって、王都で仕事ができなくなった」

「否定はしなかったのですか？」

「したさ。でも、料理長と副料理長の立場の差もあった。あいつを贔屓《ひいき》にしている者も多い。ムカつくが料理の腕とお世辞は上手かった。俺は口下手だからな」

「それで、ここに？」

「ああ、王都で仕事ができなくなった俺は、酒場で自暴自棄《じぼうじき》になっていたところを、グラン様に拾ってもらった」

グランさん、酒場って……。グランさんらしいけど。貴族が行くところじゃないよね。

「だから、俺はグラン様に恩を返すためにパーティーを成功させないといけないと思っていたんだが」

ボッツさんは自分の腕を見る。腕には仰々しく包帯が巻かれている。

「それで怪我は大丈夫なのですか？」

ゼレフさんは心配そうに、包帯が巻かれたボッツさんの腕を見る。

「ああ、しばらく料理はできないが、大丈夫だ」

「その言葉を聞けてよかったです」

ゼレフさんが微笑《ほほえ》むと、ボッツさんも笑う。

「よくないさ。恩を返したいときに返せないとはな、自分が嫌になるぜ」

「でも、ボッツさんは襲われたんですよね」

わたしが口を挟む。怪我をしたのはボッツさんの責任ではない。

「確かに襲われたが、ファーレングラム家とサルバード家の状況を考えれば、危機感なく人通りの少ない場所を歩いた俺も悪い。グラン様には外に出るときは気をつけるように言われていた。その注意を怠《おこた》った俺が悪い」

「ボッツ。わたしは詳しくは聞いてませんが、あなたを襲ったのはサルバード家の人間なのですか?」

「証拠はない。ただ、両家の状況と、俺が襲われて集中的に腕を痛めつけられた状況を考えればな。もちろん、全然関係ないところで恨まれている可能性もあるけどな」

笑いながら答える。怪我はしているけど元気そうでよかった。

「分かりました。ボッツ、安心してください。今回のパーティー料理はわたしがボッツの気持ちを乗せて作らせてもらいます」

「ゼレフ……」

「わたしでは力不足ですか?」

「いや、ゼレフなら任せられる」

ボッツさんは首を横に振る。

「はい。任せてください」

ゼレフさんはボッツさんに微笑む。

「それにしても、しばらく会わないうちに、また太ったんじゃないか」

笑いながらゼレフさんのおなかを見る。ゼレフさんは笑って誤魔化す。

「ゼレフ、久しぶりにおまえの料理を作るところを見せてもらってもいいか?」

「昔もお互いの料理を作るのを見ながら、腕を競い合いましたね」

「懐かしいな……」

「では、ボッツの期待を裏切らない料理を作るとしましょう」

ゼレフさんの下ごしらえが始まる。それを怪我をしているのに嬉しそうに見ているボッツさん。そして、手伝いに参加する使用人が3人。わたしは邪魔にならないように静かにキッチンを退出した。


部屋に戻ってくると中にはフィナの他にノアとミサがいた。

「ただいま。なにもなかった？」

「ありました！」

ノアが手を挙げる。少し怒っているようにも見える。

「えっ、もしかして、あのバカ貴族になにかされた⁉」

「違います。朝起きたら、ユナさんがいなかったんです。朝、ユナさんとフィナに会いに来たら、フィナが1人で寂しそうにしているし。どうしたかと聞けば、ユナさんはお父様に料理人を連れてくるよう頼まれたって」

どうやら、わたしが黙って出ていったことに怒っているらしい。

「黙って出かけたのはごめんね。急ぎだったから」

「ユナさんが悪くないことは分かっています。ただ、寂しかっただけです」

ノアは少し恥ずかしそうに言う。そんなノアの頭を撫《な》でる。

「それで、ユナお姉ちゃん。料理人は連れてきたんですか？」

「一流の料理人を連れてきたよ。なんか、ボッツさんとも知り合いだったみたいだけど」

「ボッツさんの？」

　ボッツさんの名前にミサが反応する。

「なんでも、王都にあるレストランで一緒に働いていたことがあるみたいだよ」

　世間は狭い。

「確か、大きな鷹の石像があるレストランで働いていたってお祖父《じい》さまが」

「その鷹が目印のレストランなら、わたしも知ってます。王都で有名なレストランです。一度だけ行ったことがあります」

　2人に詳しい話を聞くと、王都でも有名なレストランらしい。予約をしないと食べられない食事もあるとか。2人ともそんな有名なレストランで働いていたんだね。それなら、ゼレフさんの実力も頷《うなず》けるし、グランさんがボッツさんの料理を認めるわけだ。今度食べに行ってみるのもいいかな。料理長の性格は悪くても、料理の腕前はいいらしいし。でも、そんな一流のレストランって、着ぐるみで入店しても大丈夫かな？　想像してみると入店拒否をされるイメージしか湧かない。やっぱりやめよう。わざわざ心に傷を負うことはない。

「それで、みんなはなにをしていたの？」

「なにもしてません」

　ノアの言葉にほかの2人も頷く。

「だって、ボッツさんが襲われて怪我をして、パーティーの開催が危なくなって、ユナさんは料理人を探しに行って、３人でお出かけすることもお父様に禁止されたので、部屋でおとなしくしていました」

「ごめん」

確かに外に出るのは危険だから、外に出ないようにフィナにも言ったっけ。

ボッツさんを襲った犯人がサルバード家の関係者なのかも分かっていないけど、危険性はある。でも、明日まで部屋にこもっているのも可哀想《かわいそう》だ。なにか、暇つぶしを考える。

一つのアイディアが浮かぶ。

「それじゃ、わたしたちもパーティーに出す料理を作ろうか」

「パーティー料理ですか」

「うん、普通の料理は作れないけど、プリンなんかいいんじゃないかな。プリンなら簡単にできるし、国王陛下の晩餐会《ばんさんかい》の料理でも、話題になったんでしょう」

プリンに生クリームや果物をトッピングすれば高級感も出る。国王の晩餐会では２００個以上を１人で作ったけど、４人でやれば早くできる。

「だから、なにもせずに部屋に閉じこもっていないで、みんなでプリンを作るのはどうかな？」

気分が暗いときにじっとしているのはよくない。楽しいことをして、気持ちを切り替えたほうがいい。

「作ります！」

「はい、作りたいです」

「わたしも作ります」

3人は元気よく手を挙げる。

わたしは嬉しそうにする3人娘を連れて、先ほど通った通路を戻り、キッチンに向かう。

195　クマさん、3人娘とプリンを作る

「その箱は冷蔵倉庫にお願いします。そちらの箱の中身は使いますのでこちらに……」

3人を連れてキッチンに戻ってくると、ゼレフさんがわたしが持ってきた食材の仕分けの指示を出している。

そのゼレフさんの様子を少し離れた位置で、ボッツさんが椅子に座りながら見ている。

ゼレフさんにキッチンの使用許可をもらおうと声をかけようとすると、ボッツさんがわたしたちに気づく。

「さっきのクマとミサーナ様？」

ボッツさんが声を出すとゼレフさんがわたしに気づいてくれる。

「ユナ殿？　どうかしたのですか？」

ゼレフさんが手を止めて尋ねる。

「ゼレフさん。邪魔をしないから、キッチンの隅を使わせてもらっていい？」

「ダメだ」

「いいですよ」

ボッツさんとゼレフさんが同時に返事をする。ゼレフさんに尋ねたのに、どうしてボッツさんが答えるかな。

「ゼレフの邪魔になるからダメだ」

ボッツさんが改めて言う。

「ボッツ、わたしはいいんですよ。ユナ殿は何か作るのですか？」

「この子たちが暇そうにしていたから、一緒にプリンでも作ろうかと思ってね。ゼレフさんの許可がもらえれば、明日のパーティーに出そうと思うんだけど」

「そんなのダメに決まっているだろう」

「おお、それはいいですね」

また、2人の言葉が重なり、答えが逆になる。

「ゼレフ、何を言っているんだ！　大事なパーティーの料理なんだぞ。そんなクマが作った料理など出せるわけがないだろう」

「ボッツ、大丈夫ですよ。ユナ殿の料理は国王陛下の誕生祭の晩餐会《ばんさんかい》にも出されていますから」

「……冗談だよな。こんなクマが作った料理が国王陛下の誕生祭の晩餐会に？」

「しかも、わたしが作った料理よりも高評価で、パーティーでは騒ぎになったほどです」

「ゼレフ、俺をからかっているのか？」

「いいえ、からかったりはしてません。本当のことですよ。その味は国王陛下もお認めになっています」

ゼレフさんの言葉でもボッツさんは信じられないみたいだ。

まあ、わたしもパーティーを見ていないから、信じられないけど。

「ユナ殿は優秀な冒険者であり、優秀な商人であり、優秀な料理人でもあります」

そんなに優秀、優秀と連呼しないでほしい。それを信じてしまう子たちがここにいるんだから。3人娘を見ると、目を輝かせながらわたしのことを見ている。わたしはそんな凄《すご》い人じゃないよ。どこにでもいるクマの着ぐるみを着た普通の女の子だからね。と心の中で言ってみるが、クマの着ぐるみを着た女の子なんて、どこにもいないよね。そう考えるとボッツさんがわたしを疑うのはしかたない。

わたしの見た目はクマの着ぐるみを着た女の子。まず、料理人には見えない。まして、冒険者にも見えないし、商人にも見えない。頭に『職業クマ』の文字が浮かぶ。わたしはギルドカードに書かれている職業だけは知られないようにしようと誓う。

でも、このまま疑いの目を向けられてプリンを作るのも面倒そうだ。これは一度食べてもらったほうがいいかな？

「これがプリン。食べてみて」

クマボックスからプリンを1つ取り出して、テーブルの上に置く。ストックなら大量に持っている。実はパーティー用も十分にある。でも、せっかくのパーティーだ。みんなで作ったほうがプレゼントになる。

「これがプリン？」

ボッツさんは近寄って手を伸ばそうとするが、できないことに気づく。わたしも忘れていたけど、腕を怪我しているんだよね。それを見ていたメイドさんの1人が近寄ってくる。

「ボッツ料理長。わたしでよろしければ」

「すまない。頼む」

メイドさんはプリンをスプーンですくい、ボッツさんの口に運ぶ。手慣れている。今のやり取りを見ると怪我をしたボッツさんの食事の面倒を見ているのかな？

「……なんだ。これは」

「ボッツ。美味《おい》しいでしょう。国王陛下も王妃様もお気に入りの食べ物ですよ」

メイドさんがさらに一口運ぶ。

「美味い。これを本当にそこのクマが」

疑いの目から、奇妙なものを見る目に変わる。……あれ、あまり変わっていない？

「ボッツ料理長、本当に美味しいのですか？」

メイドの1人が尋ねる。美味しいと聞けばそれは食べたくなるよね。ボッツさんの食べかけを食べさせるのは可哀想《かわいそう》だから、手伝いをしているメイドさんたちにも出してあげる。

「よろしいのですか？」

「うん。だから、しっかりゼレフさんのお手伝いをしてね」

「もちろんでございます」

メイドさんの3人はプリンを食べる。

「とても美味しいです」

「ええ、こんな美味しいもの、初めて食べました」

メイドさんにも好評のようでよかった。

「ユナさんは凄いんです！　プリン以外にも美味しい食べ物を作れるんです！」

ノアが胸を張って自慢げに言う。その言葉にフィナとミサが賛同する。褒めてくれるのは嬉しいけど、あまりハードルを上げないでね。

プリンを食べたボッツさんは渋々ながら、キッチンの使用を承諾してくれた。

「ゼレフが許可を出すなら、俺はかまわない。でも、ゼレフの邪魔だけはするなよ」

「分かっているよ。それじゃ、許可も出たから作ろうか」

わたしはフィナたちを見ながら声をかける。

「「「はい」」」

元気よく返事をする3人娘。さっそくわたしたちは邪魔にならないように隅に移動する。

わたしはクマボックスから卵を50個ほど取り出す。多く作って困ることはない。余ったらクマボックスに保管してもいいし、グランさんのところで働く人たちに配ってもいい。

ミサの誕生日パーティーに出してもいい。

「それじゃ、フィナは卵を割って、ノアとミサはフィナが割った卵を掻《か》き混ぜて」

フィナは手慣れた感じで卵を割っていく。それをノアとミサがそうっと掻き混ぜる。

「おい、ゼレフ。卵があんなにたくさんあるぞ」

「それはあるでしょう。話を聞けば、ユナ殿は卵用のコケッコウを育てていて、一日で数百個の卵が手に入るそうです」

「数百⁉」

卵はプリン、ケーキ、パンケーキやほかの料理にも使われている。お店だけでも一日数百の卵を消費している。そのうえ、現在もコケッコウの数は増えている。

ボッツさんは信じられないようにフィナの卵を割る姿を見ている。

「しかも、あんな子供が卵を……」

ボッツさんの中では卵は高級食材なんだろう。

ティルミナさんには卵が欲しければ家族で食べる分を持って帰ってもいいと伝えてある。孤児院でも食べるようになっているし、身近な食材になってきている。

初めのころは卵を割るのも緊張しながらだったフィナが懐かしい。しかも、震える手でやるから、何度も失敗して、何度も謝っていたっけ。あのころの姿を思い出すと笑みがこぼれる。

今では、コン、カシャ。コン、カシャ。と心地よいリズムで割っていく。うん、成長したね、フィナ。

「ユナお姉ちゃん。なんですか。その微笑《ほほえ》みは」

「わたし笑っていた？」

「はい。なんか、たまにお母さんとお父さんがするような笑顔になっていました」

ティルミナさんやゲンツさんの気持ちは分かる。成長する娘を見る感じだね。

「ユナさん。わたしも卵を割ってみたいです！」

「わ、わたしも」

フィナとの会話を聞いていたノアとミサが申し出る。

「いいよ。フィナ、教えてあげて。失敗してもいいけど、殻には気をつけてね」

「はい」

嬉しそうに卵を割り始めるノアとミサ。

卵は50個ある。コツさえ摑《つか》めればすぐにできるようになるはず。

「ゼレフさん。もし、卵を使うようだったら言って。在庫はあるので」

「それは助かります。王宮にもあったのですが、流石《さすが》に持ってくることはできなかったので」

「それじゃ、冷蔵庫に適当にしまっておくから、使って」

わたしは大きな冷蔵庫に卵が入ったパックを詰め込んでおく。

これぐらいあればいいかな？

「おいおい、本当かよ。そんなたくさん」

ボッツさんの言葉は聞き流す。

「ゼレフ、あのクマの嬢ちゃんはなんなんだ？」

「ボッツ。ユナ殿のことでいちいち驚いていたら、料理ができなくなりますよ。料理人が未知のことを否定したら、進化はなくなります」

「あのクマ、何者だよ」

「ユナ殿にあれこれ聞くのは国王陛下より禁止されています。だから、聞く場合は命を懸けてください。わたしは助けたりはしませんからね」

「なんだそりゃ」

「ユナ殿が国王陛下にボッツのことを悪く報告すれば、あなたの首が飛びますよ」

ゼレフさんは笑いながら首をトントンと叩《たた》く。そんなことしないよ。鬱陶《うっとう》しかったら、殴るけど。

「……冗談だよな」

「冗談です。でも、国王陛下はユナ殿のためなら、力を惜しまないのは本当ですよ」

ボッツさんは驚いたようにわたしを見る。

「その証拠はわたしがここにいることです。一般人が国王陛下に会えると思いますか？　王宮料理長であるわたしを借りたいと申し出て、即決断して、わたしを送り出したりすると思いますか？　城の食材を持ってくることを許すと思いますか？　今回はユナ殿のお願いだから、わたしがここにいるんです。そもそも、普通は国王陛下に会えません」

ゼレフさんの言葉に唾《つば》を飲み込むボッツさん。

えっ、わたしの立場ってそんな凄いの!?

確かに、国王には貸しがいくつかあるけど。魔物1万匹とか、食べ物とか、絵本とか。でもどれも微々たる貸しだ。今回の頼みで貸しを返してもらっただけだ。

「だから、わたしからの忠告です。ユナ殿が嫌がることはしないことをお勧めします」

「……分かった。何も聞かない。俺も、まだ死にたくないからな」

その言葉どおり、それからのボッツさんは聞きたそうにしているものの、何かを聞いてくることはなかった。面倒事が回避されてゼレフさん？　国王？　に心の中で感謝する。


ボッツさんは黙って、ゼレフさんが下ごしらえをする様子を見ている。たまにわたしたちのほうも見たりしている。特に口を出したりしてこないので、プリン作りも順調に進む。

「あとは冷蔵庫で冷やせば完成だよ」

でも、空いている冷蔵庫がなかった。

しかたないので、予備のクマの形をした冷蔵庫を出してプリンをしまっていく。

えっ、なんでクマの形だって？　クマハウスにある冷蔵庫もクマの形をしているからだよ。

「楽しみです。早く食べたいです」

「一応、パーティー用だからね？」

「分かってます」

「フィナはみんながパーティーをしているときに一緒に食べようね」

「はい！」

「ユナさん。本当に参加しないんですか？」

「しないよ。わたしが来たのはミサのパーティーに参加するためだからね」

「フィナもですか？」

ノアの質問にフィナは首を横に振る。

ミサのパーティーに参加するのもあれだけ嫌がったんだから、貴族やお金持ちが集まるパーティーに参加しても楽しめないし、フィナの胃に穴があいてしまう可能性もある。

それにフィナが参加したら、わたしまで参加しないといけないことになりそうだ。フィナを参加させるわけにはいかない。ノアとミサは残念そうにするが、今回は我慢してもらおう。

みなが寝静まったその日の夜、クマが屋敷の上に登ったことを誰も知らない。

クマの転移門を外しただけだよ。

196　クリフ、パーティーに参加する

ユナのおかげで料理人の確保ができた。

しかも、連れてきたのは王宮料理長だ。いったいあのクマはなにを考えているんだ。王宮の料理人ならどうにか理解はできる。だが連れてきたのが一番偉い料理長だ。普通ならありえない。

出発したのが3日前の夜だ。あの召喚獣のクマがどれほどの速さか分からないが、王都に到着してすぐに拝謁しないとダメだろう。いくら、エレローラの口添えがあったとしても、国王陛下の許可がすぐに下りるというのは普通考えられない。

国王陛下に事前に連絡をしないで会う。料理長の貸し出しを願い出る。すぐに許可が下りる。食材は王宮から購入する。至れり尽くせりだ。いったい、どうすれば国王陛下がそんなことを許してくれるんだ。不可解すぎる。

クマが行動すると事態は好転もするが、同時に面倒事もやってくる。感謝はするが、全面的に感謝ができないのはそのせいだろう。でも、王宮料理長を連れてくるなら一言相談をしてほしかった。グラン爺《じい》さんも俺同様に頭をかかえていた。王都に行って、国王陛下

に礼を言わないといけないだろう。そのまえに一度エレローラに詳しいことを聞かないとダメだな。

今後のことを考えると頭が痛くなるが、最高の料理人を連れてきてくれたことには間違いない。今はこのチャンスを上手く生かすことを考えるべきだ。いかに今回のパーティー参加者をこちらに取り込めるかが勝負になる。

グラン爺さんやレオナルドが商人たちに根回しをしているが、芳《かんば》しくない。現状の街の状態を見ればしかたない。誰しも力の弱いほうにはつきたくないものだ。でも、これまでグラン爺さんに世話になっていた者も少なからずいる。パーティーのときに、こちらに力があると見せ、そのあたりから少しでも取り込まないといけない。なるべく多くの中立派を取り込みたいところだ。

会場には早めに入場して、出席者たちを待つことにする。メインはあくまでグラン爺さんたちであり、今回、俺はファーレングラム家の補佐に徹する。

俺は会場全体が見える位置に移動する。開場の時間になると参加者たちが徐々に集まってくる。近隣の貴族から商人、街の有力者たちだ。入り口を見ているとヒキガエルのような顔をした男が入ってくる。ガジュルド・サルバードだ。この街のもう一人の領主であり、グラン爺さんの政敵でもある。

そのガジュルドの側には、娘たちに喧嘩《けんか》を売った息子もいる。その話を聞いただけでも殴りたくなってくる。ガジュルドの身内は2人だけだ。奥方は数年前に亡くなったと聞いている。

ガジュルドが会場に入ってくると、すぐに近寄っていく者がいる。ガジュルド側についている商人たちだろう。媚《こび》を売るように頭を下げている。

あのように隠すこともしないでガジュルドにつくバカは怖くはない。一番怖いのは味方だと思っていた人物に裏切られることだ。こちらの情報はガジュルドに流れるし、あてにしていた味方の数も減ることになる。考えだすと疑心暗鬼《ぎしんあんき》になってしまう。そんな者がいないことを祈るばかりだ。

もちろん、グラン爺さんに挨拶をしている者も多いが、今のところパーティーに呼ばれた礼儀みたいなものだ。勝負はパーティーが始まってからだろう。グラン爺さんが客人と談笑をしているとガジュルドがグラン爺さんに近寄る。

「このたびは50歳の誕生日おめでとうございます」

ガジュルドがゲスな笑みを浮かべながら挨拶をする。

あの笑みの下でなにを考えているのか、分かったものじゃない。

「ああ、よく来てくれた。料理も用意しているから楽しんでいってくれ」

「王都の有名レストラン、元副料理長の料理を楽しませてもらいます」

お互いに挨拶をかわしているが、グラン爺さんの手を見ると強く握りしめられていた。

その気持ちは分かるが、ここで喧嘩をするわけにはいかない。ボッツに怪我をさせた人物が、ガジュルドの関係者だという証拠はない。人通りの少ない場所で襲われたため目撃証人も見つかっていない。疑わしくても、まだこちらから訴えることはできない。今は我慢をするしかない。それがグラン爺さんは悔しいんだろう。

そろそろ開始の時間になるころ、グラン爺さんに息子のレオナルドが耳打ちをしている姿がある。

「何かあったのか？」

気になったので尋ねてみる。

「数名来ていない者がいる。それもわしに好意的だった者たちだ」

「来てくれると約束してくれていました」

「ガジュルドか？」

「分からん。今は時間がない」

脅迫されたのかもしれない。怪我をした可能性もある。ただ、グラン爺さんに好意的だった者が参加していない事実だけが残る。だが今は来ていない者のことを考えている時間はない。パーティーが始まる時間だ。

グラン爺さんはレオナルドを連れてパーティーの挨拶をする。

「このたびは忙しいなか、わたしの誕生日パーティーに参加していただき、ありがとうございます」

グラン爺さんの挨拶が始まる。簡単な感謝の言葉を会場に述べる。

「料理も用意していますのでゆっくり楽しんでください」

　グラン爺さんとレオナルドの挨拶が終わると料理が運ばれてくる。立食パーティーだから、1人ずつには配られない。会場中央のテーブルにメイドが料理を並べる。流石《さすが》、王宮料理長だ。見た目も匂いも美味《おい》しそうだ。メイドの1人が飲み物を運んできたのでグラスを受け取った。料理が並び、楽団が音楽を奏でだすと、参加者たちは楽しそうに会話を始める。

　知り合いに挨拶をする者、グラン爺さんに挨拶をする者、サルバード家に挨拶をする者。

　そして、俺に挨拶をする者。

「これはクリフ殿、お久しぶりです」

「国王の誕生祭以来ですね」

　近隣の貴族だ。俺に挨拶を終えると、次の相手に挨拶に向かう。彼は中立の立場だ。ファーレングラム家にもサルバード家にも一歩引いて接している。取り込めればいいが、難しいだろう。それはサルバード家も同様だ。お金などで動かない分、逆に信用はできる。

　グラン爺さんのほうを見るとレオナルドと奥方が一人ひとりに挨拶に回っている。見た感じ好感触のようだが、実際は分からない。グラン爺さんとレオナルドの交渉力が問われる。

　俺がすることはフォシュローゼ家がファーレングラム家についていることを示して、グラン爺さんの交渉を有利に進ませることぐらいだ。

ここで俺の名前にどれほどの影響力があるかは分からないが、ないよりはマシだろう。

挨拶も一通り終え、娘を見ると、ミサーナと仲よく料理を食べている。

ノアにはミサーナの側にいるように言ってある。サルバードのバカ息子が近寄ってくるかもしれない。ミサーナを1人にさせておくよりはいい。そのガジュルドの息子はほかの子供を3人ほど連れて料理を美味しそうに食べている。ガジュルドの息子がなにかをしてくると思ったが、今のところ杞憂《きゆう》に終わっている。

本当はユナに側にいてほしかったがパーティーの参加を断られた。まあ、あの格好で参加すれば逆に絡まれる可能性のほうが高い。そもそもあいつはあのクマを脱ぐことはあるのか？

どうも、クマのあのイメージがこびりついてしまって、クマ以外の姿が想像できない。

ガジュルド親子に目を向ける。

息子のほうはおとなしくしているが、父親のガジュルドのほうはというと、かなりの人数の挨拶を受けている。思っていたよりも数が多い。この様子を見れば中立派もサルバード家に寄るかもしれない。

こうなる可能性があったから、グラン爺さんにサルバード家を参加させないほうがいいと進言したが、すでに招待状を送ったあとだからと言われてしまった。もっと前に相談してもらいたかった。

「感情面はどうあれ、同じ街の領主だ。呼ばないわけにはいかないだろう」

と言う。だが、適当な理由をつけて参加させなければいいんだ。身内だけの小さなパーティーにするとか、いろいろあるだろう。

「周辺の貴族やクリフ、おまえさんも呼んでいるのに、サルバード家を呼ばない理由はつけられんよ」

グラン爺さんの言いたいことは分かるが、納得はできない。失敗すれば、このパーティーで勢力の構図が確かなものになってしまう。今までは中立派だった者も、このパーティーでどっちにつけば利益があるか、判断してしまうだろう。

もうすでにパーティーは始まっている。呼んでしまったことに文句を言ってもしかたない。逆にファーレングラム家を好意的に思っている者が多いことを見せつけるしかない。


パーティーも中盤になり、新しい料理が運ばれてきたときだった。

「もう我慢ができない。なんなんだ、この料理は！」

声がしたほうを見るとガジュルドが怒鳴り声をあげていた。

「ファーレングラム家はこのようなまずい料理をパーティーに出すのか！」

ガジュルドの大きな声のせいで、会場は静まり返る。さっきまで美味しそうに食べておいてよく言ったものだ。でも、このままガジュルドにしゃべらせるのはまずいのは確かだ。

「わしが用意した料理は口に合わなかったか？」

グラン爺さんがガジュルドに話しかける。

「ああ、美味しくないな。噂《うわさ》だと王都の有名なレストランの副料理長をしていた者の料理と聞いていたのに残念だ。それとも、違う料理人が作ったのかな？」

ゲスな笑みを浮かべる。

その気持ち悪い笑みを見ただけで、料理人が怪我をして料理が作れないことを知っていると分かる。証拠はないが、料理人を襲ったのはガジュルドだと確信した。

「確かに別の料理人が作っている。だが、彼はボッツに勝るとも劣らずの料理人だ」

「ほう、違う料理人か。だから、こんなにまずいのか」

スープを一口飲んで、まずそうな顔をする。

「確かに、美味しくないですな」

「ええ、味つけが二流。いや、三流の料理人でしょう」

ガジュルドに合わせるように取り巻きたちも料理にケチをつけ始める。

「先ほどまで美味しそうに食べていただろう！」と声に出してやりたいが、あまりにもユナの予想どおりになっているから、怒りも湧いてこない。

パーティーが始まる前にユナが可能性の一つとして言っていた。

料理の中にゴミや虫を入れて文句を言ってくるとか、美味しい料理を美味しくないと言ってくるとか、いろいろとパターンがあると助言された。

貴族のパーティーでそんな卑劣なことをする話は聞いたことがない。

でも、ユナの言葉どおりになった。だから対応策も存在する。

俺は扉のほうを見る。ゼレフ殿の姿が見えた。

でも、ユナ曰く、普通に登場してもらうのではなく演技をある程度してもらわないとダメとのこと。その話を聞いていたゼレフ殿は「面白そうですね」と言って快く引き受けてくれた。その後にユナがゼレフ殿に演技指導をしていたが、どこであんな知識を手に入れてくるんだ？　不思議なクマだ。

「この程度の料理しか作れない者に、パーティーの料理を作らせるとは、ファーレングラム家も地に落ちたもんだな」

その言葉に笑う者もいる。遠くから見ている者はどうしたらいいのか分からず、成り行きを見守っている。そんなとき、待機していたゼレフ殿が会場に入ってくる。

ゼレフ殿は笑顔でいるが、その笑顔が怒っているように見えるのは気のせいだろうか？

197　王宮料理長ゼレフ、怒る

いつもどおりに王都のキッチンで仕事をしていると、国王陛下とユナ殿がやってきた。なんとも、珍しい組み合わせだ。それもキッチンに来るなんて珍しい。

話を伺うと、シーリンの領主がパーティーを行うので料理を作ってほしいと頼まれた。本来なら、ほかの貴族の料理を作ることはない。でも、ユナ殿の頼みであり、国王陛下が許可をくださったのでシーリンの街に向かうことになった。

初めは馬車で移動するのかと思ったら、時間がないため、ユナ殿の召喚獣のクマで移動すると聞いた。

召喚獣、ユナ殿の可愛《かわい》らしいクマの召喚獣のことだ。フローラ様と一緒にいるところを見かけたことがある。先日も小さなクマと遊んでいる姿をお見かけした。話によると大きくなり、人を乗せることができると聞いた。クマに乗せてもらえると思うと怖くもあり、楽しみでもある。

パーティーに必要な食材の準備を終えると、すぐに出発することになった。

王都を出ると、ユナ殿は手にはめているクマの口から召喚獣のクマを召喚する。

大きい。確かにこれなら人も楽に乗ることができる。クマの顔を見るとフローラ様と一緒にいたクマたちと同じだ。どちらに乗せてもらえるかと尋ねると、白いほうだという。

黒いほうがくまゆる殿で、白いほうがくまきゅう殿と紹介をされる。

わたしがくまきゅう殿に挨拶《あいさつ》をすると、優しく鳴いて、背中を見せてしゃがんでくれる。

頭のよいクマだ。

わたしがくまきゅう殿に乗ると、体重が少し重めのわたしを乗せても軽々と立ち上がってくれる。

おもむろに、ユナ殿の言葉で動きだす。

おお、速い。徐々に速度が上がってくるが、しっかりと、体がくまきゅう殿にくっついていて、落ちる感じはしない。

休憩のたびにくまゆる殿とくまきゅう殿を乗り換えると聞く。どうしてかと尋ねれば、片方だけに乗り続けると片方がいじけるそうだ。確かに、わたしみたいなオジサンを乗せるよりは、主人であるユナ殿を乗せたいだろう。わたしは納得して、次はくまゆる殿に乗せてもらう。

途中で野宿をして、翌日の昼にシーリンの街に到着する。速い、昨日の午前に出発して、次の日の昼過ぎに到着する。流石《さすが》、ユナ殿の召喚獣だ。

シーリンに到着すると、今回のパーティーの主催者であるグラン様に挨拶をする。

そして、時間もないのでさっそくキッチンをお借りして、下準備に取りかかる。キッチンで作業をしていると、この屋敷の料理人がやってきた。どうやら怒っているらしい。

見知らぬ料理人に仕事場を勝手に使われれば料理人が怒るのもしかたない。

わたしは話をするためにキッチンのドアを開ける。そこには見覚えのある顔があった。懐かしい顔だ。わたしが王宮に入る前に同じレストランで働いていたボッツだ。まさか、ボッツがここの料理長をしているとは思わなかった。懐かしんでいる時間もなかったので、ここに来た経緯を説明する。

わたしもいろいろあったが、ボッツもいろいろあったようだ。

国王様にはお時間もいただいたことだし、パーティーが終わったら昔のことを話し合うのもいいかもしれない。

でも、今は時間がないので料理の準備だ。


しばらくするとユナ殿がプリンを作りたいというので、許可を出す。

そのことにボッツは怒っていたが、ユナ殿のことを知らなければ怒るのもしかたないかもしれない。

わたしも、ユナ殿が料理を用意したからフローラ様の料理を作らないでいいと言われたときは、怒った記憶がある。懐かしい思い出だ。

下準備を終えたので、グラン様に報告に向かおうとすると、プリンを作り終えていたユナ殿もプリンの報告をするというので、一緒にグラン様のところに向かう。

部屋に向かうとグラン様とクリフ様が明日のパーティーについて話し合っていた。

「ゼレフ殿、本当にありがとうございます。これで安心してパーティーを行えます」

「いえ、これもユナ殿に頼まれたからです。礼ならユナ殿に言ってください」

「うん？　いらないよ。それよりも、明日の対策はできているの？」

ユナ殿はお城の料理長のわたしがここにいる意味をあまり理解していないようだ。まあ、ユナ殿らしいといえばらしい。

「ああ、どの人物と優先的に話すか……」

「違うよ。サルバード家が、なにか仕掛けてくるんじゃないの？」

「それはしかたない。すでに何人かはサルバード家についている。その者たちは諦めるしかないだろう」

「えっと、だからそういうことじゃなくて」

ユナ殿はグラン様が分かってくれないようで、ため息を吐《つ》いている。

「仕掛けてくるって？　もう、ゼレフ殿のおかげで料理もある。なにをしてくるんじゃ？」

「料理に虫を入れたり、ゴミを入れたりして、文句を言ってくるとか？」

「そんなことをしてくるのですか！」

「嫌がらせといったら普通でしょ？」

ユナ殿がとんでもないことを言いだした。完成した料理に虫やゴミを入れて文句を言ってくるとか、それは料理人に対して酷《ひど》い仕打ちだ。いくら仲が悪いといっても、そんなことはしないと思いたい。

「でも、料理人が変わったことを知っている可能性もあるから、まずいとか言ってくるんじゃない？　グランさんの話によると、めぼしい料理人には断られたんでしょう？」

「そうだが、王宮料理長のゼレフ殿の料理を食べて、そんなことを言うとは思えないが」

「でも、相手は王宮料理長のゼレフさんが作っているって知らないし」

「そうだが」

それから、ユナ殿はいろいろなことを話してくれる。「嫌がらせをするならこんなの常識じゃない」と言われたが、料理にゴミとか虫を入れる常識なんて聞いたことがない。

でも、グラン様とクリフ様はユナ殿の話を聞いて、ありえるかもしれないと頷《うなず》いていた。

もし、料理にそんなことをするようだったら、料理人として許せないことだ。

「まあ、相手が料理をまずいと言い出したときは、ゼレフさんに頑張ってもらえばなんとかなるよ」

ユナ殿がそんなことを言い始める。わたしに貴族の相手はできない。

確かにわたしは王宮料理長の地位を授かっているけど、貴族ではない。まして、王家の力を笠に着て威張ることはしたくない。わたしがそのように言うと、ユナ殿の考え方は違った。

「自分の料理をバカにされたら、怒らないとダメだよ。美味《おい》しく食べてくれている人に悪いよ。もちろん、美味しくない料理ならしかたないけど。ゼレフさんはみんなに認められて今の地位にいるんでしょう？　ゼレフさんを王宮料理長にしてくれた人や国王様や王妃様、フローラ様も美味しいって言って食べているんだよ。その人たちに失礼だよ」

と言われた。確かにそうだ。自分の料理を美味しいと褒めてくれている国王様の味覚をバカにされているのと同じことだ。わたしの料理を認めて料理長の座を譲ってくれた前料理長、わたしの指示に従って勉強をしている者たち。わたしが否定されたら、みんなも否定されたことになる。今のわたしは昔のわたしではない。わたしはユナ殿の言葉をしっかりと胸に刻む。

それから、ユナ殿に嫌がらせを受けたときの対処方法を聞いておいた。

パーティー当日、わたしは料理をどんどん作っていく。

今のところ会場からの連絡はない。もし料理のことで騒がれるようなことがあれば、すぐにわたしが駆けつけることになっている。ユナ殿の心配も杞憂に終わりそうだ。

わたしは補佐をしてくれる者に指示を出していく。王宮の調理場と違って、スピード感はないが、しっかりと動いてくれる。

パーティーも中盤に入ったころ、キッチンに駆け込んでくる者がいる。

「ゼレフ様、ガジュルド様がゼレフ様の料理を……酷評しています」

呼びに来た女性が言いにくそうに伝えてくれる。

まさか、本当にユナ殿の言うとおりになるとは。もし心構えができていなかったら、慌てて謝罪しに行っていたかもしれない。

「そうですか。分かりました」

それだけを言うと、料理を中断して会場に向かう。

ドアの隙間から中を覗《のぞ》き込むと、グラン様がもう一人の男と言い争っている姿がある。この人物がサルバード家のガジュルド様ですかな。

周りからもまずいとか、味つけが二流とか三流とかも聞こえてくる。ただの嫌がらせだと分かっていても聞いていて気分がいいものじゃない。今なら、ユナ殿が言った意味が分かる。王宮料理長として、わたしの料理を認めてくださっている王族のみな様のためにも、怒らなければならない。

わたしは深呼吸して会場に入る。

「失礼します。このたび、料理を作らせていただいているゼレフと申します。それほど、わたしの料理がお気に召さなかったですか？」

ユナ殿は演技で怒るように言っていたが演技をすることもなく怒りが湧いてくる。わたしの声には怒りが混じっている。

「貴様がこの料理を作ったのか！」

「はい、作らせていただきました」

「よく、こんなまずい料理を出せたもんだな」

ガジュルド様はわたしが作った料理を指差して文句を言う。

昨日から、時間をかけてしっかり出汁《だし》をとって作ったスープだ。そんな手間をかけたスープをまずいと言われて、怒りを覚える。わたしは怒鳴りつけるガジュルド様にまっすぐに問いかける。

「どのあたりが美味しくなかったか、教えていただけないでしょうか。わたしの仕える主《あるじ》のために今後の参考にさせていただきますので」

昨日、ユナ殿に、わたしの料理は美味しいから決して謝ってはいけないと言われた。もし、ユナ殿に聞かされていなかったら、謝っていたかもしれない。

「全てがダメだ。貴様の主も、たかが知れているな。こんな料理で満足しているなんて。こんな料理人に任せるファーレングラム家も地に落ちたもんだ」

「そうですか。では伝えておきましょう。我が主、国王陛下に」

「……国王陛下？」

わたしの言葉にガジュルド様は固まり、周りも騒ぎだす。

「そうだ。どこかで見覚えがあると思ったら、王宮料理長のゼレフ殿だ……」

どうやら、わたしのことを知っている者がいたようだ。

料理を作った際、最後に挨拶をさせてもらうことがあるから、そこでわたしの顔を知ったのかもしれない。

「王宮料理長……」

「はい、王宮料理長を務めさせていただいているゼレフと申します。わたしの料理のどこがまずかったか教えてくださいますでしょうか？　いつも、美味しいと言ってくださっている国王陛下に美味しくない料理をお出しするわけにはいきませんから」

本当は勝手に王族の権威を利用させてもらうのはよくないと思う。でも、わたしが引き下がったら王族のみな様がバカにされたことになる。

「それは……」

「そちらの方でもけっこうです。どのあたりが三流の味なんでしょうか？　教えていただけると助かるのですが」

わたしは丁寧な口調で、ガジュルド様の側にいる男性に尋ねる。

「いや……」

「先ほど、美味しくないと騒いでいたではないですか。その内容を教えてくだされればいいのです。国王陛下に美味しくないものをお出しするわけにはいきませんから」

自分の料理をバカにされたことも怒りを覚えるが、知らなかったとはいえ、主である国王陛下のこともバカにされたのかと思うと怒りが湧いてくる。

人を陥れるためだけに嘘《うそ》を言う。これをわたしでなくほかの料理人がやられた可能性もあると思うと、さらに怒りが湧き出てくる。本当に美味しくないなら、それでいい。でも、美味しいものをまずいと言われたら、料理人は進む道を迷い、違う道に行ってしまうかもしれない。それがどれだけ酷いことなのか分かっていない。

この者たちは料理人の敵だ。わたしは料理をまずいと言った者を睨《にら》む。

「いえ、その……」

「今後の参考にさせていただきますので、お願いします」

目に力を入れて尋ねる。

「ゴホン、ゴホン。ゼレフ殿、申し訳ありません」

客の一人は咳《せき》をすると頭を下げる。

「実は自分は風邪を引いてまして、味覚がおかしくなっていたようです」

「そうなのですか？」

「はい。今回はグラン様から大事な相談があるから、どうしても参加してほしいと言われて、風邪を引いていましたが参加させてもらいました。そうですよね。グラン様」

客人は助けを求めるようにグラン様を見る。

「ええ、わしが大事なお話があるので、参加してもらいました」

「グラン様、体調がよくないので、早めにお話を伺ってもよろしいでしょうか？」

「もちろんじゃ」

客人はわたしに頭を下げるとグラン様のところに向かう。

「体調にはお気をつけください」

ユナ殿の言うとおりだ。

わたしがこのように尋ねれば、何も言えずに黙るか、グラン様のほうに逃げるか、ガジュルド様のせいにして逃げるか3択だと言っていた。

グラン様のほうに逃げるなら追わないでいいと言われている。

まあ、嘘と分かるが、今回はユナ殿の指示に従うことにしよう。本当はもっと問い詰めたいが、彼にまずいと言わせたのはガジュルド様だ。

やがて、ほかの方々も動きだす。

「ゼレフ殿、実は自分も体調がおかしく、味が分かっていなかったようです。わたくしめもグラン様と大事な話をするために来たのです。これ以上体調が悪くなる前にグラン様とお話をしてきてもよろしいでしょうか?」

「お体は大事になさってください」

「ありがとうございます」

また、1人、2人と離れていく。

今まで、気にしたことがなかったけれど、王宮料理長の名には影響力があるみたいだ。

幼いときから美味しい料理を作り認められてきて、今の立場がある。自分の立場と影響力のことは考えもしなかった。ただ、美味しい料理を作ってきただけだ。決して自分が貴族よりも偉いとは思わない。

ただ、自分を認めてくれた方をバカにされるのは許せない。王族のみな様、わたしの料理を食べてくれる方々。みなさん、美味しいと言ってくれる。そして、わたしのことを一せない。

流の料理人として信じてくれているユナ殿。だから、わたしの料理を嘘で貶《けな》されるのは許せない。

わたしがガジュルド様に一歩近づくと、ほかの者は咳をしながら静かに離れていく。

残ったのはサルバード家のガジュルド様だけだ。

「ガジュルド様。わたしの料理のどこが美味しくなかったか、教えていただけるでしょうか。今後の参考にさせていただきますので」

「ど、どうして、王宮料理長のゼレフ殿がこちらにいるのでしょうか？　今回のことは国王陛下も知っているのでしょうか？」

「わたしがここにいることでしたら、もちろん国王陛下もご存知です。でも、今回は個人的な理由で来ました。ここの料理人がわたしの古い友人なんです」

立場上、国王陛下の指示とは言えない。

「古い友人？」

「はい。グラン様の料理人ボッツとは、王都にある『鷹の爪』というレストランで共に働いてました」

「…………」

「それと、クリフ様の奥方のエレローラ様の頼みでもあり、国王様よりお休みをいただいて、今回のパーティーの料理を作らせていただくことになりました」

「料理人が怪我をしてから駆けつけたと。そんなバカな……、時間的に……」

「失礼ですが、ガジュルド様は料理人ボッツが怪我をしたのを知っていらっしゃったのですか？」

「いや、知らぬ。先ほどグラン殿から、話が出て知ったところだ」

「そうですか。もし、襲われたことを知っていて、目撃者を知っているようでしたら、教えていただきたかったのですが」

「力になれず、申し訳ない」

「いえ、人通りの少ない場所で襲われたようなので」

わたしが料理人が襲われたと言うと会場が騒ぎだす。ユナ殿たちが言っていたが、ボッツに怪我をさせたのは間違いなく、このガジュルド様だ。怪我のことを知っていたのだから。

料理人の大事な腕に怪我をさせた。ボッツは治るから大丈夫と言っていたが、しばらくは包丁は握れそうになかった。

「ゼレフ殿、勘違いをしないでほしい。本当に美味しくなかったわけじゃない。料理はとても美味しかった」

「ですが、わたしはガジュルド様が美味しくないとおっしゃっているのを聞きました。ご列席のみな様もそうでしょう。別にガジュルド様に文句を言うつもりはありません。ただ、料理人として、このパーティーを任された者として、美味しくないと言われれば、謝罪をしないといけません。それにはどこが美味しくなかったかお聞きしなければなりません」

わたしはまっすぐガジュルド様を見る。でも、ガジュルド様は口を開こうとするが開かない。

「ゼレフ殿。申し訳ありません。どうやら、自分も体調が悪かったようです」

そう言うと少し離れた位置で話をしているグラン様のほうを見る。

「グラン殿、体調が悪いので、ここで帰らせてもらいたいが、よろしいかな」

「もちろんじゃ。体調が悪い中、来てもらってすまなかった。お互い領主の身、お体は大事にしてください」

「それではゼレフ殿、失礼いたします」

平然と受け応えをしているようで、ガジュルド様が悔しそうに唇を強くかみ締める姿が見えた。でも、わたしも普通に受け応えをする。

「今度は体調がよいときにわたしの料理を召し上がって、感想をお聞かせください」

ガジュルド様はご子息らしき少年を呼ぶ。彼は悔しさを隠すこともせず、会場を睨みつけながら去っていった。

「みな様、お騒がせいたしました。少し予定よりも早いですが、お口直しに国王陛下誕生祭のパーティーにも出されたプリンをご賞味ください。このあともわたしが腕を振るって料理をお出ししますので、どうぞお楽しみください」

プリンを出すタイミングはユナ殿からわたしに任されている。本当はもう少しあとにお出しする予定だったが、このタイミングがよいと思う。

わたしが帽子を取って頭を下げると、会場から多くの拍手が起こった。

198　ガジュルド、怒りを覚える

ボルナルド商会に高い金を出して商業ギルドのギルマスを代えさせた。

見返りとしてボルナルド商会に所属する商人から商品を買うことになった。全てをのむ代わりに、グランが経営する領地側では品物を売らないようにさせる。見事に成功して、グランが経営する領地から品物が消えた。そして、俺の領地での売り上げが上がった。このままいけば、この街の全てが俺のものになるのも時間の問題だ。

グランの奴からパーティーの招待状が届いた。

ふふ、この期に及んで、まだ諦めていないようだ。商業ギルドは押さえ、有力者たちも何人も押さえてある。今さらパーティーをしても遅い。でも、念には念を入れなければならない。

確か、あそこの料理人は王都の有名なレストランで副料理長をしていたという噂《うわさ》があった。そう考えると面白くない。でも、その料理人が料理を作れなかったらどうなる。グランの奴の慌てる姿が目に浮かぶ。パーティーに料理が出ない。想像しただけで笑いが込み上げてくる。

さっそく、用心棒のブラッドを呼びつけて、料理ができないようにするよう指示を出す。

「殺さないでよろしいのですか?」

「殺すとパーティー中止の口実を与える。腕を痛めつけて料理をできなくさせればいい。それから、襲うならパーティーギリギリがいい。そうなれば新しい料理人を探すこともできないからな」

「わかりました」

ブラッドは下がっていく。

ブラッドはランクC冒険者だ。王都で冒険者同士の喧嘩《けんか》をしているところを目に留めた。相手が謝っても許しを請うても殴り続けている現場を見た。それからブラッドのことを調べると、問題のある冒険者だと知った。普段はおとなしいが、自分の血を見ると理性が壊れるらしい。凶暴になり、抑えが利かなくなる。そのため、実力はあってもどのパーティーにも属していなかった。俺は手元に欲しいと思い、ブラッドを誘うと、二つ返事で了承してくれた。

理由を聞けば、冒険者は飽きたそうだ。だから、飽きるまでなら俺のところにいてもいいと言った。

ブラッドは使い勝手がよかった。指示を出せば、言ったとおりにする。性格には難があるがソロでランクCになった優秀な冒険者。最近では俺の言うことを聞かない商人を襲わせたこともあったが、誰にも気づかれずに行った。これほどの優秀な手駒を手に入れられて幸運だ。不要になれば消せばいいだけだ。いくら優れているといっても、殺す方法はいくらでもある。

パーティー数日前にブラッドから報告が来た。料理人の腕を痛めつけて、料理をできなくさせたと。これで、お抱え料理人は使えなくなった。笑いが止まらない。グランがどのように立ち回るのか、想像するだけで笑みがこぼれる。

だが、パーティー開催まであと数日ある。ほかの料理人に頼むだろうが、時間的にほかの街から連れてくるのは不可能だろう。料理人を探すなら、必然的にこの街からになる。グランの奴が探し始める前に、めぼしい料理人に脅迫、買収の手配をしておく。

全ての料理人にすることはない。二流、三流の料理人に声をかけるならむしろ好都合だ。陥れる方法はいくらでもある。

予想どおりに、グランの奴が料理人に声をかけたという報告が入ってきた。もちろん料理人は全員断ったそうだ。あとは二流、三流の料理人に作らせるしかないな。

でも、クリモニアから来たフォシュローゼ家が気がかりだ。俺はグランの屋敷に人をつけ、クリモニアに向かう者がいたら、襲うように命じた。

見事に俺の予想が当たった。クリモニアに向かう馬があったようだ。でも、馬に矢を当て、クリモニアに行けないようにしたとの連絡があった。これでいい、下手に殺すと大事《おおごと》になる。パーティーの料理さえ作らせなければいい。

パーティー当日、グランの屋敷に向かう。俺の屋敷と同じぐらいの大きさがある。いつも思うが、この街に領主の屋敷は1つだけでいい。親父は死ぬときに仲よくするようにと言っていたが、どうして仲よくしないといけない。ほかの領主や貴族から、1つの街を2つの家で治めているとバカにされている。早く追い出して俺の街にしてやる。

パーティー会場に入るとすでに人が集まっていた。俺が入っていくと商人たちが近寄ってくる。こいつらは俺に媚《こび》を売る小物だ。そして、俺の手先として動いてもらう大切な駒だ。寄ってくる奴らを適当にあしらって、グランのところに向かう。この屋敷でパーティーをするのは最後だ。最後ぐらい挨拶《あいさつ》をしてやってもいいだろう。こいつの平和そうな顔を見ると笑いが洩《も》れそうになる。

バカなお人好し。

まあ、俺の親父もお人好しだったが、このグランもお人好しだ。なんでもかんでも信用する。だから、やりやすかった。

俺は挨拶をすませると、グランから離れる。グランに話しかける者を確認するためだ。もっとも厄介なのはクリモニア領主、フォシュローゼ家のクリフだろう。あそこは最近、ミリーラの町と繋《つな》がりを持つようになって、力をつけ始めている。クリモニアに向かう商人がいたら、情報を手に入れてこいと商業ギルドに命じてある。だが、入ってくる情報を確認すると意味不明なものばかりだった。

トンネルにクマの石像があるとか、海の町のミリーラに大きなクマの石像があったとか、クマがお店を作ったとか、クマの冒険者がいるとか、クマには逆らえないとか、変な情報ばかりだ。

まあ、本格的にクリモニアを調べるのはこの街が全て俺のものになってからでいいだろう。今気にするのは、変なクマの情報でなく、クリモニアから入ってくる商人だ。せっかく順調に来ているんだ。邪魔はされたくない。

グランの挨拶も終わり、料理が会場に運ばれてきた。

どんなクソ料理が出てくるかと思ったら、見た目も匂いも美味《おい》しそうな料理が運ばれてきた。これほどの料理が作れる料理人、この街にいたか？　いたとしても押さえてあるはずだ。

まさか、怪我が治ったのか？

いや、部下に調べさせたが、間違いなく料理人は怪我をしており、料理ができない状態だと報告してきた。報告が違うのか、料理ができるようになったかは分からない。

料理を食べると美味しい。どこからこんな美味しい料理を作る料理人を連れてきたんだ。

これは見張りをさせた者を罰しないといけない。

どうせたいした料理が出てくるとは思わなかったから、貶《けな》せばいいと思っていた。でも、予想外に美味しい料理が出てきてしまった。

しばらくは様子見だな。

料理を堪能して、挨拶をする。俺のほうに来る者も多い。

まあ、頭のいい者なら、どっちにつけば得になるかは分かるだろう。今の状況を見てもグランにつくのはバカしかいない。今後の細かい話は後日することにして、挨拶を終えて、何気なくドアのほうを見ると、会場の中を窺っている男がいる。よく見ると腕に包帯を巻いている。

報告にあった赤毛の男、グランの料理人だ。怪我をしている。そうなるとやはり違う料理人が作っていることになる。どこの誰かは分からないが、これほどの料理を作れるのは素晴らしい。

グランの奴に力を貸しているのは気にくわないが、後で俺の料理人として雇ってやってもいいかもしれない。だが、今日はグランについた自分を恨《うら》むんだな。

料理人が違うことも確認が取れたので、そろそろパーティーを壊すことにする。俺は周りに合図を送る。

「もう、我慢ができない。なんなんだ、この料理は！」

俺が叫ぶと会場が静かになる。そして、前もって話しておいた商人が俺の言葉に賛同するように料理を貶す。それが徐々に広がっていく。

グランが俺に近寄ってくるが、パーティーを失敗させれば終わりだ。

俺が料理の文句や、料理人が違うことを言うと、グランの奴は素直に違う料理人が作っていることを認めやがった。そこは嘘《うそ》を吐《つ》いてでも、黙っているところだろう。そして、俺が料理人を出せと詰め寄るところなのに、駆け引きも知らないのか。つまらない男だ。

俺が一方的に文句を言っていると料理人の服を着た男が会場に入ってくる。

うん？　どこかで見覚えがあるが思い出すことができない。どこかのレストランで見たのかもしれない。

「失礼します。このたび、料理を作らせていただいているゼレフと申します。それほど、わたしの料理がお気に召さなかったですか？」

こいつが作ったのか。つぶすには惜しい料理人だな。でも、予定どおりに進めることにする。俺が文句を言えば謝るかと思ったが、この男は謝らずにどこが美味しくなかったのか聞いてきやがった。

普通、貴族がまずいと言ったら美味しくてもまずいんだ。この男は自分の立場が分かっていないようだ。貴族と料理人では立場の差があることを。

「全てがダメだ。貴様の主《あるじ》も、たかが知れているな。こんな料理で満足しているなんて。こんな料理人に任せるファーレングラム家も地に落ちたもんだ」

「そうですか、では伝えておきましょう。我が主、国王陛下に」

「……国王陛下？」

今、この男はなんて言った。国王陛下と言わなかったか？

男の発言によって、会場が少しどよめきだす。そして、誰かが口を開く。

「そうだ。どこかで見覚えがあると思ったら、王宮料理長のゼレフ殿だ……」

「王宮料理長……」

俺が小さく声を出すと男は改めて自己紹介を始める。

「はい、王宮料理長を務めさせていただいているゼレフと申します。わたしの料理のどこがまずかったか教えてくださいますでしょうか？　いつも、美味しいと言ってくださっている国王陛下に美味しくない料理をお出しするわけにはいきませんから」

どうして、ここに王宮料理長がいるんだ。おかしいだろう。有り得ないだろう。

俺が返答に困っていると、王宮料理長は俺と同様に暴言を吐いた者に、料理について尋ね始める。表情は怒ってはいないが、有無を言わせない感情が出ている。

「先ほど、美味しくないと騒いでいたではないですか。その内容を教えてくだされればいいのです。国王陛下に美味しくないものをお出しするわけにはいきませんから」

俺に協力をしてくれた男は、どうしたらいいか、俺に視線で尋ねてくる。

そんなのは知らん。どうしたらいいかは俺が聞きたいぐらいだ！

俺が男から視線を外すと、男は咳《せき》をし始めた。

そして、男は風邪を引いて味覚がおかしかったと逃げた。しかも、逃げた先はグランのところだ。裏切りやがった。だが、今の俺には口を出すことはできない。

1人が逃げだすと、ほかの奴も嘘の咳をしながらグランのほうへと逃げていく。

くそ、なんでこんなことになった！

「ど、どうして、王宮料理長のゼレフ殿がこちらにいるのでしょうか？　今回のことは国王陛下も知っているのでしょうか？」

国王陛下が知っていたらまずい。どこまで知られている。

「わたしがここにいることでしたら、もちろん国王陛下もご存知です。でも、今回は個人的な理由で来ました。ここの料理人がわたしの古い友人なんです」

友人。どうやら国王陛下の指示ではなかったらしい。そのことについては安堵《あんど》するが、俺が王宮料理長の料理を美味しくないと言った事実は消えない。

さらに話を聞くと、フォシュローゼ家のエレローラの差し金のようだった。やっぱり、フォシュローゼ家か。

でも、おかしくないか？　ここと王都では距離があるぞ。

怪我と聞いてから駆けつけたとしても、間に合うはずがない。

「料理人が怪我をしてから駆けつけたと。そんなバカな……、時間的に……」

「失礼ですが、ガジュルド殿は料理人ボッツが怪我をしたのを知っていらっしゃったのですか？」

俺の呟《つぶや》きがゼレフに聞こえてしまったようだ。

「いや、知らぬ。先ほどグラン殿から、話が出て知ったところだ」

くそ、ヤバイ。絶対に疑われたぞ。

「そうですか。もし、襲われたことを知っていて、目撃者を知っているようでしたら、教えていただきたかったのですが」

「力になれず、申し訳ない」

「いいえ、人通りの少ない場所で襲われたようなので」

ゼレフの「襲われた」発言で会場が騒がしくなる。先ほどの俺の発言を聞いていれば、俺のことを疑う者も出てくるだろう。くそ、なにもかもが王宮料理長が出てきたせいで、狂い始めている。

目の前にいる人物のせいで、と悔しくてならない。たった一人の料理人のせいで、俺の目的が全て壊された。

「ゼレフ殿、勘違いをしないでほしい。本当に美味しくなかったわけじゃない。料理はとても美味しかった」

「ですが、わたしはガジュルド様が美味しくないとおっしゃっているのを聞きました。ご列席のみな様もそうでしょう。別にガジュルド様に文句を言うつもりはありません。ただ、料理人として、このパーティーを任された者として、美味しくないと言われれば、謝罪をしないといけません。それにはどこが美味しくなかったかお聞きしなければなりません」

くそ、今さら美味しいと言っても無駄なことは分かる。俺は周囲に聞こえるようにまずいと大声で言った。その言葉は国王の味覚を否定することであり、王族全ての味覚を否定したことになる。

もっと下調べをしておけばよかった。いったいどうやって、王都から来たんだ。時間的にありえないだろう。

俺ができることはグランのところに逃げた男と同様の言い訳をするしかない。

「ゼレフ殿。申し訳ありません。どうやら、自分も体調が悪かったようです」

悔しいが、引くしかない。俺はグランに謝罪の言葉をかけて息子を連れて退出する。誰も俺の後についてくる者はいない。唇を強くかみ締めたせいで、口の中に血の味が広がる。

「親父」

息子が俺のことを見るが、それどころではない。

「帰るぞ」

「親父！」

「黙っていろ」

うるさい息子を黙らせる。

屋敷に戻って部屋に入ると、溜まっていたものを吐き出すように叫ぶ。

「ふざけるな！　王宮料理長だと！　なんで、王宮料理長が出てくるんだ！　しかも、あの商人ども、さっきまで俺に媚《こ》びてたくせに、グランのところに行きやがって！」

思い出しただけでも腹が立つ。甘い汁を吸わせた恩を忘れやがって。

それにしてもやっぱり、フォシュローゼ家のクリフとエレローラか。邪魔をしやがって。

あいつらさえいなかったら全て成功したのに。あの金髪の男の顔を思い出すと腹立たしい。

グランの始末が終わったら、次は貴様だ。

「親父！」

「ランドル、いたのか？」

「いたのかじゃない。なんで、引き下がったんだ。ただの料理人だろ」

「王宮料理長だ。普通の料理人とは違う。料理長の口から国王陛下の耳に入ればサルバード家の印象は悪くなる」

「だからといったって、あんなに言われっぱなしで、親父らしくないぞ」

「ランドル。もう少し立場を考えろ」

息子のランドルは、叱る者がいないせいか、なんでも思いどおりになると思っている。

確かに貴族は偉いと俺が教え込んだ。でも、王宮料理長を普通の料理人と考えるバカとは思わなかった。敵にしていい者と悪い者の区別ができていない。14歳になるんだから、それぐらい理解しろ。

「それじゃ、このままにするのか」

「しばらくは様子見だ。今回のことで流れが変わった。かなりの者がグランについた可能性がある」

「それなら、また脅迫でも、お金でも使えばいいだろう」

「王宮料理長のゼレフが帰るまで動けない」

下手に騒いでみろ。国王の耳に入ったら大変なことになる。今は動くときではない。チャンスはいくらでもある。

俺は息子に、しばらくは問題を起こすなと言って部屋から追い出した。

199 クマさん、リバーシで遊ぶ

グランさんのパーティーが始まってお屋敷はにぎやかだ。お客様をもてなすためにメイドさんやお手伝いさんは大忙し。手伝いたいと思っても、パーティーに詳しくないわたしやフィナが手伝えることはない。それに着ぐるみ姿でパーティー会場の近くに行って見つかりでもしたら、騒ぎになる。だから、せめて邪魔にならないように部屋に閉じこもることにしていた。

「暇だね」

「はい、クリモニアなら、家の仕事をしたり、孤児院で仕事を手伝ったり、モリンさんやアンズお姉ちゃんのお店を手伝ったりできるんだけど」

フィナの口からは仕事ばかり出てくる。フィナは働きすぎだ。たまには遊ぶことも覚えないと。

「それじゃ、ゲームでもして遊ぼうか」

「ゲームですか?」

わたしはベッドの上に移動して、フィナを呼ぶ。テーブルが少し大きくて、対面でゲームをするには不便なためだ。フィナに正面に座るように言って、クマボックスから、線が入った板と2つの小箱を取り出す。

「リバーシっていうゲームだよ」

わたしは小箱の1つをフィナに渡す。わたしが小箱を開けると、フィナも真似をするように小箱を開ける。中には円い駒が入っている。その駒には元の世界のリバーシと少し違うところがある。普通に表裏の白黒の駒でなく、表裏には、黒クマと白クマの絵が描いてある。

「表と裏にクマの絵が描いてあります。可愛《かわい》いです」

フィナは円い駒をクルクルと回して楽しそうにする。

「これでどうやって遊ぶんですか？」

「駒で陣地を取り合うゲームだよ。フィナは黒いクマと白いクマ、どっちがいい？」

フィナは黒いクマと白いクマを何度も見比べる。

「そんなの選べないです。黒いクマだとくまゆるだし、白いクマだとくまきゅうです。どちらかを選ぶなんてできません」

わたしも選べない。駒の絵はくまゆるとくまきゅうではない。絵はデフォルメされたクマ顔だ。でも、違うクマとはいえ、くまゆるとくまきゅうに片方を選んだと知られたら、片方がいじける可能性がある。だから、フィナに選んでもらおうとしたが、フィナもダメだったみたいだ。

「それじゃ、交代しながら遊ぼう」

「はい」

いつもどおりの交代制にする。平等は大事だよね。

「それじゃ、やり方を説明するね。まずはこのマス目の中央に、このように駒を置く」

わたしは黒クマの駒を盤面の中央に斜めに2個置く。

「フィナは白いクマの駒を同じように置いてみて」

フィナは言われたとおりに置く。わたしはお手本として、黒クマを置いて白クマの駒を黒クマの駒で挟み1つ裏返しする。

「フィナも黒い駒を挟むように白い駒を置いてみて」

「どこでもいいの？」

「隣接していればどこでもいいよ。でも、相手の駒を挟めるように置かないとダメだよ」

フィナは黒い駒を挟むようにして白クマを置く。そして、黒クマが裏返しになる。

「こうやって交互に駒を置いて、最終的に自分の色の駒が多かったほうが勝ちだよ」

「分かりました」

そして、暇つぶしのリバーシ大会が始まった。

本当はトランプを作りたかったんだけど。まだキング、クイーン、ジャックの絵柄をどうしようかとか、模索中だ。候補としては、キングの絵柄は国王様、クイーンは王妃様、ジャックはフローラ様がいいかなと思ったりしている。でも、クリモニアで使うなら身近なクリフ、エレローラさん、ノアにするのもいいかもしれない。ジョーカーはクマにすればいいかな。


わたしとフィナはリバーシで遊んだり、昨日作ったプリンを食べたり、久しぶりにピザを食べたりしながら、部屋でのんびりと過ごす。

時間的にパーティーが終わったと思うころ、綺麗《きれい》なドレスを着たノアとミサが部屋に入ってきた。ノアは赤色のドレスを着ている。金色に輝く髪に似合っている。ミサは水色っぽいドレスを着て、これまた銀の髪に合う。ミサの誕生日パーティーにはフィナもドレスを着るんだよね。フィナのドレス姿も楽しみだ。

「2人とも可愛いよ」

「ありがとうございます」

「パーティーは大丈夫だった？」

2人の笑顔を見れば何事もなく終わったようだ。相手の貴族が嫌がらせをしてくると思ったけど、予想が外れたかな？

「ゼレフさん、格好よかったです」

ノアとミサがパーティーで起きたことを話してくれる。

やっぱり、例の貴族が料理に文句を言ってきたそうだ。ゴミを入れなかっただけマシなのかな。話を聞くだけでも、テンプレのバカ貴族だね。よくゼレフさんの料理を食べて、まずいとか言える。知らなかったとはいえ味覚を疑われてもしかたないレベルだ。

「ゼレフさんのおかげで、ランドルが父親と一緒に会場から出ていったとき、嬉しかったです」

ミサが嬉しそうに話す。

ランドル……。ああ、このあいだ、わたしたちに喧嘩《けんか》を吹っかけてきたバカか。

まあ、あんなのがいたら、パーティーも楽しめないだろう。

育てる親が違うと、こうも違うんだね。わたしは3人娘を見る。このまま育ってもらいたいものだ。

「でも、部屋から出ていくときわたしたちのほうを睨《にら》んでいたから、少し怖かったです」

「悔しそうに睨んでいました」

しばらくは気をつけたほうがいいかな。あの手の輩《やから》は逆恨みを普通にしてくるからね。会えばイチャモンをつけてきそうだ。

それから、ミサとノアはサルバード家がいなくなった後のパーティーのことを楽しそうに話してくれる。

「あと、わたしたちが作ったプリン。みんな美味《おい》しそうに食べてくれました」

「でもみんな、ゼレフさんが作ったって思っていましたよ。本当はわたしたちなのに」

2人は少し悔しそうにする。

「それはしかたないよ。でも、みんな美味しそうに食べてくれたんでしょう」

「うん。みんな、美味しい、美味しいって食べてくれました」

自分たちが作ったプリンが好評だったのが嬉しかったみたいだ。ゼレフさんの料理も好評で美味しかったそうだ。パーティーに参加したくはないけど、今度ゼレフさんのパーティー料理は食べてみたいね。お願いすれば作ってくれるかな。

「ユナさんもフィナも参加すればよかったのに」

ノアの言葉にわたしとフィナは苦笑いを浮かべる。

そんな貴族や有力者たちのパーティーなんか参加したくない。周りの視線が気になって、食事どころではなくなる可能性のほうが高い。それにパーティーの礼儀作法も知らない。それはフィナも同様だろうし。なによりもクマの格好じゃ出られないよね。

ノアたちと会話をしていて、気づいたことがあった。

ゼレフさんの予定を聞いていない。すぐに王都に帰らないといけないのかな?

ミサのパーティーが2日後にある。いきなり明日帰ると言われても困るので、ゼレフさんに確認をしに行くことにする。

ゼレフさんを捜しにキッチンに行くと、片づけをしているメイドさんはいるが、ゼレフさんの姿は見えない。忙しそうなメイドさんに聞くと、グランさんに呼び出されたみたいだ。

グランさんに?

うーん、どうしようか。昨日のクリフとグランさんがいた部屋にいるのかな？

「ユナ様、このようなところで、どうかなさいましたか？」

「メーシュンさん？」

後ろを振り向くとメーシュンさんがパーティーで使ったお皿などを運んでいた。

「ちょっと、ゼレフさんに用事があったんだけど。グランさんに呼び出されたみたいで」

「パーティーが終わったあと、グラン様がゼレフ様にお声がけしていました。先日、ユナ様を案内したお部屋にいると思いますよ」

ゼレフさんの居場所が分かったので、さっそく向かう。


「嬢ちゃん、どうした？」

部屋の中にはゼレフさんとグランさんがいる。クリフの姿はない。

「ゼレフさんに予定を聞こうと思って」

「わたしのですか？」

「うん、もしかして、急いで王都に帰らないとダメ？　できれば、ミサの誕生日パーティーが終わるまでいてほしいんだけど」

「ミサーナ様の誕生パーティーもあるのですか？」

「2日後にあるから。できればパーティーが終わってから王都に戻りたいんだけど」

「そういうことでしたら、かまいませんよ。国王陛下には許可はいただいてますから大丈夫です。それにボッツとも久しぶりに会ったので話もしたいですから」

「ありがとう」

「それなら、ミサーナ様のパーティーの料理も自分が作らせていただきますよ」

「いいのですか？」

わたしではなく、グランさんが尋ねる。

「ええ、ボッツもしばらくは料理が作れないでしょうから。料理はわたしからのプレゼントだと思ってください」

「ありがとうございます」

グランさんは頭を下げる。

おお、ゼレフさんのパーティー料理が食べられることになった。ちょっと嬉しいかも。

「ノアとミサに聞いたけど、ゼレフさん、活躍したんだって？」

「活躍などはしておりませんよ。自分は自分の料理を美味しくないと言われたので、どこが美味しくなかったかをお尋ねしただけです。ユナ殿の言葉のおかげです」

「わたしの言葉？」

「自分の料理を美味しくないと認めると、自分の料理を認めてくださっている人に失礼だと」

確かに言った。

「そう考えると自分ではなく、国王陛下や共に料理を作る仲間、わたしの料理を美味しいと言ってくださった方々の味覚を否定された気分になり、少々怒ってしまいました」

ゼレフさんは笑いながら答える。

パーティーに参加したくはなかったけど、ゼレフさんが活躍するところは見てみたかったかもしれない。

「でも、無事にパーティーが終わってよかったよ」

「これも、嬢ちゃんがゼレフ殿を連れてきてくれたおかげだ。本当に感謝する」

「まあ、わたしも、あのバカ貴族の息子には頭にきたからね」

「今回のことで、あやつらもおとなしくなるじゃろう」

そのあいだにグランさんには頑張ってほしいものだ。

ゼレフさんから予定を聞き出したわたしが部屋に戻ると、出しっぱなしになっていたリバーシで遊んでいる3人娘がいた。しかも、ノアとミサはドレス姿のままだ。

2人とも遊ぶ前に着替えようよ。

200　クマさん、女性冒険者と再会する

　グランさんのパーティーの翌日、部屋にミサを連れたグランさんとクリフがやってきて、改めてお礼を言われた。

　昨日、ノアやグランさんからも話を聞いたけど、パーティーはゼレフさんのおかげで大成功に終わったらしい。多くの商人や有力者たちがグランさんの話を聞いてくれたそうだ。

　もっとも、会話の内容の多くはゼレフさんとの関係を尋ねるものだったらしい。

　まあ、普通、王宮料理長が現れたら、裏で悪さをしていた商人や有力者たちは気になるだろう。もし国王が関わってくるようだったら、グランさんと敵対したくはないはずだ。国王と敵対するバカはいない。

　だから、情報を求めて集まってきたそうだ。

　ゼレフさんが呼ばれた経緯は、ボッツさんと知り合いだったことを含め、王都で働くフォシュローゼ夫人のエレローラさんの頼みで来たことになっている。わたしがゼレフさんに頼んだことは伏せられている。

　そもそも、クマが連れてきてくれたと言っても、ほぼ全ての人間が意味が分からずに首

を傾《かし》げるだろう。わたしとしても面倒事はお断りなので、その説明に問題はない。

パーティーではプリンの話題でも盛り上がったらしい。なかにはクリモニアのわたしのお店のことを知っている者もいたという。

小声で「クマと知り合いなんですか?」と聞かれたとか。グランさんは小声で「ええ、孫娘の友人です」と答えたそうだ。その人はかなり、驚いたらしい。その人に驚いた理由を問い質《ただ》してみたいね。

ていうか、小声で話すことなの?

大声で話されるよりはいいけど。

「それで、ユナ。しばらくグラン爺《じい》さんを手伝わないといけなくなったから、ノアを頼む。わがままを言うようだったら、部屋に放り込んでもかまわない」

「わたし、わがままなんて言わないです」

「なら、クマ関係のことでも我慢できるな」

「それは……」

ノアは言いよどむ。

そもそも、クマ関係のわがままってなに?

「約束したぞ」

「お父様、いじわるです」

ノアは少し口を尖《とが》らせる。次いで、グランさんからもミサのことをお願いされる。

「それで確認だけど、バカ貴族は大丈夫なの？」

「まあ、しばらくはおとなしくしているだろうな」

「ゼレフ殿がいる間はサルバード家も迂闊《うかつ》な行動は取れまい。もしゼレフ殿の口から国王陛下の耳に入れば、印象が悪くなるからな」

それだと、貴族であるクリフやグランさんの言葉より、ゼレフさんの言葉のほうが重いように聞こえる。

「それじゃ、家を出ても大丈夫？　今度こそ街を散策しようと思うんだけど」

まあ、わたし1人なら、どうにでもなる。でも、わたしが街歩きに行きたいと言えば、チビッコたちの言葉も決まっている。

「わたしも行きたいです！」

ノアがいち早く口を開く。それから遅れるように、ミサもフィナも一緒に行きたいと言いだす。

「せっかく、ほかの街に来てるんです。お父様、ほかの街をいろいろ見ることも勉強ですと、よく言っていますよね」

「そうだが……」

クリフは娘を見て考え込む。そして、わたしのほうを見る。

「ユナから離れないことを約束できるか？」

「できます！」

「ユナ、ノアを頼めるか？　もし、勝手に離れることがあったら、悪いが家に連れ戻してくれ。そしたら、部屋に閉じ込めておく」

護衛はいいけど。勝手に離れたノアを捜すのは面倒そうだ。

「ノア、部屋に残っている？」

「ユナさん、ひどいです。勝手に離れたりしません」

「分かったよ。絶対にわたしから離れちゃダメだよ」

「お祖父《じい》さま」

わたしがノアを連れていくことになったと見るや、ミサもグランさんに頼み込む。

「ノア嬢と同じように約束を守れるか？」

「はい！」

ミサも一緒に行くことになる。フィナにはわたしが許可を出して、一緒に行くことになった。

わたしは3人娘を連れて屋敷を出る。前回は邪魔が入ったから今日はのんびりと見て回りたいものだ。本当は3人がついてこなかったら、冒険者ギルドでも見に行こうと思っていた。だけど、今回は諦めるしかない。依頼を受けるつもりはないけど。面白い依頼があれば今度受けにきてもいいかなとは思っていたんだけど。

わたしとしては、冒険者ギルドがダメなら、食材を売っている店を見て回りたいところだ。野菜、肉、果物、珍しいものがあれば確保したい。元の世界でも見たことがないものを見かけることもある。辛い調理料だったり、甘い果物だったりと、知らないものがたくさんある。そのような食材があれば、少し買っておきたい。フィナはともかく、ノアやミサをそんなところに連れていっても楽しくはないだろうけど。

「どこか行きたいところはある？」

わたしの質問に3人はお互いを見ながら少し悩んで口を開く。

「わたしはどこでもいいです」

「わたしも」

「……わたし、もう一度、屋台に行きたいです」

ミサが言いにくそうに希望を言う。

「……こないだの屋台の食べ物が美味《おい》しかったから。わたし、あまり、屋台で食べたことがないから……」

「そうなんだ」

貴族の娘だと、勝手に出歩けないのかな？

それとも、あのバカ貴族のせいで、外出を止められていた可能性もある。

「2人はそれでいい？」

「いいですよ」

「はい」

行き先が決まったので、わたしたちは屋台がある広場に向かう。

「ノアは屋台とかで普通に食べるの？」

「食べますよ。お母様とよく食べました」

確かにエレローラさんなら屋台で食べたりしそうだ。

「今でもたまに1人で食べに行くときがありますよ。最近は屋台に行かないでユナさんのお店に行きますけど」

初めは、貴族の娘が1人でいいのかな、と思ったりしたけど、確かにしょっちゅう1人で食べに来ているのを見かける。たまにメイドのララさんが連れ戻しに来る姿もあった。

異世界の貴族にもいろいろいるってことだね。

「ノアお姉さま、ズルいです。わたしもユナお姉さまのお店に行きたいです」

「今度、クリモニアに来たら案内してあげるよ」

「本当ですか。約束ですよ」

ミサは嬉しそうにするが、クリモニアに来ることはあるのかな。


わたしたちは屋台がある広場に到着すると、ミサの食べたいものを中心に食べ歩く。わたしの格好を見た露店の人はみな、視線をわたしに留める。

うん、分かっていたよ。前回来たときもそうだったからね。その反応は無視して注文する。広場を見て回っていると、うどんを見つけた。

おお、この世界にもあるんだね。まあ、小麦粉をこねて細く切るだけだからね。

わたしが少し感動していると、フィナがとんでもないことを言いだした。

「アンズお姉ちゃんのお店でも食べられるよ」

「……フィナさん。今、なんとおっしゃいました」

「アンズお姉ちゃんのお店でも食べられるよ」

フィナは真面目に一字一句、同じ言葉を言う。

「……冗談だよね」

「スープは違うけど。食べられるよ。ユナお姉ちゃんはアンズお姉ちゃんのお店で食事をするときはいつもご飯だから、気づかなかったのかも」

確かにそうだ。アンズのお店に行くときはメニューも見ないで、ご飯が中心の注文になっている。そもそも、メニュー作成はアンズとティルミナさんに任せていた。

まさか、アンズのお店でうどんが食べられるとは思っていなかった。戻ったら食べてみようかな。

とりあえず、目の前にあるうどんを注文することにする。

美味しいけど。つゆが少し残念だね。アンズの店なら昆布出汁《だし》があるから美味しいかも。

早く帰りたくなる。

うどんを食べ終わり、おなかが膨れてしまったのでベンチで休憩をしていると、見覚えのある2人がやってくる。

「本当にいたわ」

「いましたね」

え～と、確かグランさんの護衛をしていた冒険者のマリナと、もう一人は巨乳の魔法使い。名前は忘れた。一度自己紹介されたけど、そのあと一度も会ってなければ忘れるよね。

わたしは悪くない。って自分に言い訳をする。

「マリナ、エル」

ミサが2人の名前を言う。

うん。そう、エルだ。そんな名前だった。心の中でミサにお礼を述べる。

「ミサーナ様、お久しぶりです」

ミサに挨拶《あいさつ》をする2人。

「それで、いたって？　もしかして、わたしのことを捜していたの？」

「ええ、冒険者ギルドでクマの格好した女の子が話題になっていたわよ」

「可愛《かわい》らしい格好って噂《うわさ》になっていました」

「笑っていた奴もいたけどね」

エルがフォローしてくれたのにマリナが突き落とす。

「まあ、それですぐにユナだと思ったわけよ。それでユナはどうしてミサーナ様と一緒にいるの？」

「ミサの誕生日パーティーに呼ばれてね」

「ミサーナ様の誕生日パーティー？」

マリナがミサを見る。

「はい、今度10歳になります」

「本当ですか？　おめでとうございます」

「ありがとう」

「それで、マリナとエルはわたしを捜していたの？」

「違うわよ。街の外の畑に出たモグラを退治しにいくところ。そこにちょうど、クマの格好したユナを見つけたから」

「モグラ？」

モグラってあの地中に潜るモグラだよね。マリナの話を聞くと、モグラが作物を食べてしまうから、モグラ退治に行くようだ。でも、モグラって作物を食べたっけ？

それ以前に冒険者がモグラ退治？

「食べるわよ」

「もちろん、種類によって、食べないモグラもいるけど、今回現れたモグラは、作物を荒らしているみたいなの」

「それで、わたしたちが退治しに行くところなの」

「ユナちゃんはモグラを見たことがないの？」

「ないよ」

都会っ子のわたしはモグラなんて見たことがない。

「こんな大きなモグラもいるわよ」

マリナが両手を大きく広げる。大きすぎるよ。そんなのモグラじゃないよ。でも、異世界ならいるのかな?

それにしても、冒険者がモグラ退治ね。まあ、魔物討伐や護衛のような仕事じゃない雑用も多く存在する。

でも、どうやって地中にいるモグラを退治するのかな? 考えられるのは、土魔法で対処する方法だけど。

……どうやってモグラを退治するか見てみたいかも。でも、3人娘がいるから無理かな。わたしが3人娘を見ると、わたし以上に興味を持っている人物が2人いた。ノアとミサだ。フィナは至って普通だ。貴族と平民の差かな。

「ユナさん!」

ミサとノアがわたしのクマの服を引っ張る。

そんな行きたそうな目で見ないでよ。

「畑は遠いの?」

「門を出て、右に向かって歩けば、すぐに見えるわよ」

近いのか。

「危険はあるの？」

「そんなものないよ。周辺には魔物もいないし、森とも離れているから、動物もいない。だけど、どこからともなくモグラが現れて作物を荒らす」

「食料はどの街にとっても大切だから、こうやってたまに冒険者がモグラ退治に行くの」

危険はない。場所も近い。

「みんな、行ってみる？」

「はい」

「行きます！」

ノアとミサが元気よく返事をする。その様子をフィナが微笑《ほほえ》ましそうに見ている。こう見るとフィナが一番しっかりしていてお姉さんに見える。

「ミサーナ様、見てもつまらないですよ。エルが魔法で地中に潜るモグラを追い出して、それをわたしが退治するだけですから」

「ダメなの？」

「うぅ、ダメではありませんが」

マリナが困ったようにわたしのことを見る。

「わたしがしっかり、面倒をみるよ。２人ともグランさんとクリフの言葉を覚えているよね」

「はい」

「ユナさんから、離れません」

ノアがわたしに抱きつく。

本当に分かっているのかな？

笑顔を見ると分かっているか怪しいところだ。

201　クマさん、モグラ退治を手伝う

前を歩くマリナの隣をミサが嬉しそうに歩いている。マリナを信用しているみたいだね。オークに襲われたときも、逃げだしたりせずにミサが乗る馬車を守っていたマリナだ。信頼されているんだろう。

「ほかのメンバーはいないの？」

前を歩くマリナに尋ねる。グランさんを護衛していたときは4人いた。名前は覚えていないけど。

「マスリカとイティアは別の仕事をしているわ。こっちはエルとわたしがいれば大丈夫だからね」

逆に魔法使いのエルがいないとダメらしい。

門を出て、しばらく歩くと畑が見えてくる。広いね。農作業をしている人が数人見える。

マリナは作業している人に、後ろから声をかける。

「すみません。モグラが出たと聞いて冒険者ギルドの依頼で来たんですが」

「来てくれたんだ。助かるよ……」

男性は振り返りマリナを見るが、視線はすぐに後ろにいるわたしに固定される。

「クマ？」

「このクマは気にしないで」

マリナは一瞬だけわたしを見て、そんな答えをする。助かるけど、少しわたしの扱いがぞんざいじゃない？

でも男性はわたしのことが気になるようで、チラチラとわたしのことを見ている。

「では、そちらの子供たちは？」

わたしの側にいたフィナたちを見る。

まあ、冒険者と一緒にクマの格好をしたわたしやフィナたち子供がいたら気になるよね。

「そちらも気にしないでください。それで、モグラはどこに現れたんですか？」

「はぁ。あちらのほうです。かなりの作物がやられたのでお願いします」

男性はわたしとフィナたちを見るのをやめて、モグラが現れたほうを指差す。マリナは男性が教えてくれた方向に歩きだす。

わたしは魔物がいないか確認のため探知スキルを使う。マリナの言うとおり、近辺には魔物の反応はない。やはり残念なことにモグラを探知することはできなかった。

探知スキルは魔物と人にしか反応しない。なので、魔物じゃないモグラは探知スキルでは見つけられない。

今探知スキルに反応があるのは、農作業で働く人たちぐらいだ。改めて見ると農作業している人多いね。すれ違った記憶はないけど、後方にも人がいる。わたしは後ろを見るが姿は見えない。反応は大きな木があるあたりだ。木陰で休んでいるのかな。もしかするとサボっているのかもしれない。農作業は大変だからね。

「このあたりね。エル、お願い。ミサーナ様たちは少し離れていてください」

男性が教えてくれた場所に来るとマリナが指示を出す。

「それじゃ、周辺を確認するわね」

エルは畑の周辺を歩きだす。

「穴がいくつかあるわね」

エルが通った後を見ると確かに穴らしきものがある。

「どうやってモグラを見つけるの？」

ミサが興味深そうにエルに尋ねる。

「水魔法で吸いだします。それでは今からやりますから、少し離れていてください」

エルの言葉にわたしたちは少し離れる。

わたしたちが離れたのを確認すると、エルは穴に手を近づけ魔法を使う。エルの手から出た水は地中に潜り込む。水は土に吸い込まれることはなく、穴へとどんどん流れ込んでいく。

どうなるのか見ていると、今度は水が逆流し始める。水を引き戻している？

その現象を3人娘は驚きながら見つめている。

「ちなみにエルが使っている魔法は難しいんですよ」

真剣な目で見ている3人娘にマリナが少し自慢気に言う。

「そうなの？」

「水魔法を放つだけなら簡単ですけど。放った水を操るのは難しいんです」

マリナは優しくミサに説明をする。

確かにわたしも魔法を放つだけなら簡単だ。でも、ゴーレムを作った場合の操作は少し高度になる。操作するイメージ力が追加されるせいかな。

「マリナ。おしゃべりはおしまいよ。そろそろ出てくるよ」

エルの言葉にマリナは剣を構える。

わたしたちは穴に視線を向ける。

「な、なにかが出てきました！」

ミサが叫ぶと、穴から吸い出されている水の中から黒い物体が飛び出してきた。

モグラだ。でも、わたしがテレビで見たことがあるモグラよりも一回りは大きい。吸い上げられたモグラが地面に落ちるとマリナが剣を突き立てる。モグラは絶命する。さらに穴から出てきた2匹のモグラをマリナが退治する。

「3匹ね」

「上出来でしょう。さあ、次の穴に移動しましょう」

エルが次の穴に移動する。

「ミサーナ様。あまり面白いものじゃなかったでしょう」

ミサは首を横に振る。

「モグラを殺すのは可哀想《かわいそう》だけど、作物が大切なのは分かっているから。それにエルの魔法凄《すご》かった」

「ミサーナ様。ありがとうございます。でも、それほど凄くはありませんよ」

「でも、さっきマリナがエルの魔法は凄いって」

「確かに少しは凄いですが、わたしは魔法で作り出した水に触れていないと、水の操作はできません。上級者になると、離れても水の操作ができるようになります」

うん？　もしかして、ゴーレムを操作しているわたしは凄いことをやっている？

「だから、少しだけ凄い魔法使いだと思ってください」

エルはニッコリと微笑みながら言う。そのとき、エルがミサに視線を合わせて体を下げると豊満な胸が強調された。

大きい。いつかは、わたしも。


それから、わたしたちもモグラ退治を手伝うことにした。

手伝うといっても、穴を見つけることだ。退治はあくまでマリナたちの仕事だから、討伐の手伝いはしない。

「マリナ、こっちにも穴があるよ」

ミサが少し離れた場所から叫ぶ。

「はい。この穴が終わったら行きますからお持ちください。エル、やるよ」

エルは魔法を唱えて、先ほどと同じことを繰り返す。

数人がかりで捜しているからか、穴はすぐに見つかる。でも、巣穴と巣穴が近すぎると
ハズレを引いて、なにもいないこともある。そうやって順調にモグラを処理していく。

「それにしても、思ったよりも数が多いわね」

「そうね。まだ半分も見回っていないのに、かなりの数よね」

通常の状態が分からないけど、すでに30匹近くのモグラを駆除している。そう考えると
多いかもしれない。

「もしかして、ビッグモグラがいるのかしら」

新しいモグラの名前が出てきた。

「ビッグモグラ？」

つまり大きなモグラってこと？

「可能性はあるわね。モグラの穴捜しは中断して、ビッグモグラの穴を捜したほうがいい
かもね」

「マリナ、ビッグモグラってなに？」

ミサが尋ねる。

ミサ、ナイス。わたしもビッグモグラについて聞きたかった。もし、一般常識だったら

恥ずかしいからね。

「ビッグモグラはモグラの母親みたいなものです。一度に大量の赤ちゃんを産むため、見つけたら早めに討伐しないと、作物が食べ尽くされることがあります」

「そう考えると、わたしたちだけじゃなく。ほかの人の手も借りたほうがいいかしら。手遅れになったらまずいし」

「穴を見つけてから決めましょう」

「そうね。それじゃ、ビッグモグラの穴を捜しましょう」

エルの指示で大きな穴を捜すことになった。なんでも、人の子供が入れるぐらいの穴らしい。どんだけ大きいのよ。わたしたちが手分けをして捜そうとしたとき、男性がこちらに駆けてくる姿が見えた。

「すみません～ん！」

男性は息を切らせ、こちらまで走ってくる。

「どうかしたんですか？」

男性は息を整えてから口を開く。

「あちらに大きな穴があって、作物がやられています」

「大きな穴？」

「もしかして、ビッグモグラ!?」

「はい。可能性があるかと思って、みなさんにお伝えしようと思いました。このままだと大変なことになります。どうか、お願いします」

男性は頭を下げる。どうやら、捜そうとしていたビッグモグラの穴らしきものがあるらしい。穴を確認するために男性に案内をしてもらった。


「大きいわね」

ぽっかりと大きな穴があいている。確かに子供が入れるほどの穴だ。

エルが穴とその周りを確認する。周辺の作物がかなり食われている。

「やはりビッグモグラがいそうね」

魔物じゃないんだよね。探知スキルを使ってみるが魔物の反応はない。反応があるのは人だけだ。う〜ん、あの人、まだ木のところでサボっているみたいだね。

「エル、お願い」

マリナがエルに頼むと、エルは今までと同じように魔法を唱え、穴に水を流し込む。だが、逆流が始まってもなにも出てこない。

「いないの？」

「分からない。いないのかもしれないけど」

マリナは周りの荒らされた畑を見る。

「これは絶対いるわね」

「大きくて、わたしの魔法じゃ引っ張りだせないのかも」

エルは水を何度も吸い出すが、モグラが出てくる気配は一向にない。本当は手伝うつもりはなかったけど、このまま作物がやられるのは困るよね。

「わたしがやろうか？」

「ユナが？」

「できるなら、お願いしてもいい？　わたしじゃダメみたいだから」

「ユナの土魔法が凄いのは知っているけど、水魔法も使えるの？」

「一応ね」

わたしはエルがやったように水の魔法を使う。クマさんパペットの口から水が出てくる。水は大きな穴に吸い込まれていく。

「凄い水の量ね」

「わたしの倍以上あるわね」

水の魔力を通じてなんとなく中の様子が分かる。水がなにかに触れた感触があった。

「なにか大きいのがいるね」

「分かるの？」

「なんとなく」

わたしはエルがやったように水を吸い上げる。

うん、デカイなにかが吸い上げられてくる感覚がある。

「マリナ、なにか出てくるからお願いね」

「任せて」

剣を構えるマリナ。

もうすぐ、出てくる。

出てきたのは……モグラ!?

「ビッグモグラ！」

マリナが叫ぶ。

大きくない？

ウルフぐらいあるよ。絶対にモグラの大きさじゃないよ。

「マリナ！　逃がしちゃダメよ！」

「分かっている」

マリナは出てきたビッグモグラに剣を突き出す。マリナの剣がビッグモグラの胴体を貫く。ビッグモグラは動かなくなる。一撃で終わったみたいだ。

「大きい」

「こんなに大きなモグラいたんだ」

フィナはともかく、モグラの死体を見てもミサもノアも平気なんだね。初めてこの世界に来たわたしなんて、ウルフの死体に驚いたのに。異世界の子供、強し。

「ユナ、助かったわ」

「わたしの魔法じゃ無理だったから、助かったわ」

2人にお礼を言われる。

「作物が食べられると、農家さんが困るからね」

一生懸命に農作業をして育てた作物だ。しかも、目の前で農家の人を見て、見捨てることはできない。元の世界でも台風などの被害を受けて大変な目に遭っているのをニュースで見たことがある。

わたしもここの農作物を食べるかもしれないし、守れるものなら、守りたいからね。

202　クマさん、エレローラさんと再会する

無事にビッグモグラを退治することができた。

「これで、大丈夫ね」

マリナが言うには、ビッグモグラは一か所に2匹以上は現れないらしい。食べ物がたくさんあるところに現れて子供たちを産んでいく。ビッグモグラが産む数は多く、駆除が遅れると作物が根こそぎ食われて被害が大きくなるらしい。流石《さすが》異世界。元の世界とはいろいろと違うね。

あとはビッグモグラが産んだモグラを退治するだけだ。でも、そろそろいい時間になっている。帰りが遅くなると心配する人がいるかもしれないから、わたしたちはこのあたりで帰ることにする。

「マリナ、エル、今日はありがとうね」

ミサがお礼を言う。

「いえ、わたしも久しぶりにミサーナ様と一緒にいられて嬉しかったです」

「ミサーナ様、なにかあればいつでも呼んでくださいね」

マリナたちはまだ帰らずに、エルの魔力が尽きるまでモグラ退治を頑張るそうだ。モグラ捜しを続けるマリナたちと別れて3人娘を連れて歩きだす。

途中で昼寝に適した大きな木の横を通りかかる。そういえば、ここにいた人はどうなったかな。歩きながら確認しようとしたけど、誰もいなかった。ビッグモグラを退治する前にはいたのに。もしかして、ビッグモグラの騒ぎで移動したのかな？

お屋敷に帰る途中、隣を歩く3人娘を見ると、服や顔が汚れている。まあ、畑の中を歩けば汚れるよね。特に足元の汚れが酷《ひど》い。このまま帰ると怒られそうだ。このままじゃまずいかな？　服は無理だけど、顔の汚れだけは落としておく。

「3人とも、じっとしててね」

水魔法でタオルを濡《ぬ》らして3人の顔を拭《ふ》いてあげる。顔は綺麗《きれい》になったけど、服は無理そうだ。怒られるかな？

言い訳を考えながらお屋敷に戻ると、見知った人物がお屋敷に入ろうとしていた。

「お母様！」

ノアがお屋敷に入ろうとするエレローラさんに向かって走りだす。ノアの声に気づいたエレローラさんは振り向く。

「ノア!?」

振り向いたエレローラさんはノアの顔を見ると笑顔になる。

「元気そうね」

「はい。元気です。でも、なんでお母様がいるんですか？」

「もちろん、愛する娘に会いに来たのよ」

娘を抱きしめようとするエレローラさん。でも、途中でやめる。

「ノア、あなた汚れているわね」

ノアは改めて自分の姿を見る。

綺麗な服が少し汚れている。言い訳も思いつかなかったので、保護者であるわたしが怒られることにする。

「エレローラさん、ごめん。わたしがこの子たちを畑に連れていったから」

「違います。わたしが行きたいって言ったからです」

わたしの言葉をすかさずミサが否定する。

「わたしも行きたいって言ったから、ユナさんも、ミサも悪くないです」

わたしが2人を庇《かば》ったのに、逆に庇われてしまった。

「ふふ、別に怒っていないわよ。それにわたしが子供のころはもっと汚れていたわ」

エレローラさんは笑いながら、汚れを気にしないでノアを抱きしめる。

「お母様、汚れます」

「汚れているからといって、娘を抱きしめない母親はいないわ」

「お、お母様！」

ノアは苦しそうにしているが、微笑《ほほえ》ましい光景だね。

「でも、本当になんでエレローラさんがいるんですか？」

「うーん、娘に会いに来たのは本当よ。1割が仕事で、もう1割がクリフに会いに、そして8割がノアに会いに来たの」

えっと、どこからつっこんだらいいの？　せめて、クリフとノアを半々にしてあげようよ。それ以前に仕事は大事でしょう。

「あとでユナちゃんにも話すことがあるからね。でも、その前にグランお爺《じい》ちゃんに挨拶《あいさつ》をしないといけないから、中に入りましょう」

エレローラさんと一緒にお屋敷の中に入ると、メーシュンさんが駆け寄ってくる。

メーシュンさんはエレローラさんを見て驚いている。

「……エレローラ様!?」

「メーシュン、久しぶりね」

頭を深く下げるメーシュンさん。

「出迎えができず、申し訳ありません」

「いいのよ。いきなり来たわたしが悪いんですもの。グランお爺ちゃんに挨拶をしたいんだけど、会えるかしら？」

「はい。大丈夫だと思います。今日お会いするお客様は全て終わっていますので」

朝の話によると、グランさんはいろいろな人に会うみたいなことを言っていた。

エレローラさんを見ていたメーシュンさんがわたしたちに目を向けると、叫び声をあげる。

「どうして、みなさん、そんなに汚れているんですか！」

汚れた3人娘を見て少し怒った顔をする。

「メーシュン、ごめんなさい。わたしのせいなの」

ミサは謝って、マリナと畑に行ったことを伝える。

「わたしも行きたいって言ったからミサだけのせいじゃありません」

「わたしも」

ノアとフィナがミサを庇う。

そんな庇い合う3人を見て、メーシュンさんは優しい顔になる。

「別に怒っていませんよ」

「本当に？」

その言葉にミサは疑うように尋ねる。

「はい。怒っていませんから、ミサーナ様たちはお湯を使って、綺麗にしてきてください。そのままじゃ食事もできませんから」

3人は返事をして仲良くお風呂場に向かう。その姿をメーシュンさんは微笑みながら見送る。

「あんなに楽しそうなミサーナ様は久しぶりです」

まあ、いろいろとあったし、わたしが知らないだけで、他にも嫌なことがあったかもしれない。

「ユナちゃん。わたしはグランお爺ちゃんに挨拶をしてくるから、みんなと先にお風呂に入ってきていいわよ」

「できればお願いします。汚れたまま、歩かれると困りますので……？」

メーシュンさんがわたしのことを見る。

「ユナ様も畑に行ったのですよね？」

「うん、行ったけど」

「そのわりには、汚れていませんね。黒い足は分かりませんが、白い足も綺麗ですね」

メーシュンさんはわたしの足元を見たり、わたしの足を持ち上げて、クマさんの足の裏を見たりする。

「特殊な素材でできているから汚れないよ」

洗濯不要な着ぐるみだ。一年中着ていても清潔で、汚れも臭《にお》いもつかない優れもの。たとえ泥水を被《かぶ》ろうが、汚れることはない。

「不思議ですね」

メーシュンさんは首を傾《かし》げながらクマさん装備を見ている。

わたしはメーシュンさんとエレローラさんのお言葉に甘え、風呂場に向かう。

風呂場に着くとすでに裸になっている3人がいた。

「ユナさん、遅いですよ」

「ちょっと、メーシュンさんとエレローラさんと話していたからね」

「早く入りましょう」

「すぐに行くから先に入ってて」

3人を先に行かせて、脱衣場でクマの服を脱ぐと、浴室に向かう。街半分の領主とはいえ、お屋敷には立派なお風呂がある。わたしたち4人が入っても余裕の広さだ。ノアがミサの体を洗い始めたところだったので、わたしはフィナを呼ぶ。

「フィナ、おいで、洗ってあげるから」

「大丈夫です。1人で洗えます」

「いいから」

無理やりフィナをわたしの前に座らせると、背中と頭を洗ってあげる。次に、自分の体と髪を洗おうとしたら、3人娘が手伝おうとしたが、丁重にお断りして、湯船に浸かるように言う。ノアが文句を言うが気にしないでおく。

風呂からあがったわたしたちはしっかりとドライヤーで髪を乾かす。風邪を引いたら大変だからね。

風呂場から出て部屋に戻ると、3人娘はリバーシをやり始める。

そんな3人の様子を眺めながら休んでいると、エレローラさんが部屋にやってきた。

「お母様！」

「みんな、綺麗になったわね。あとでわたしもお風呂を借りようかしら」

綺麗になった娘の頭を撫《な》でながら、部屋の中に入ってくる。

「ユナちゃん、今回はありがとうね」

「……？」

なんのことでお礼を言われているか分からない。

「クリフとグランお爺ちゃんから話を聞いたわ。ユナちゃんがゼレフを連れてきてくれなかったら、かなり危なかったって」

そのことか。

「連れてきたのはわたしだけど、パーティーで頑張ってくれたのはゼレフさんだよ」

「ええ、聞いたわ。料理に文句を言ったガジュルドにゼレフが怒ったって。そのときの光景を見たかったわ」

残念そうに言う。それには同感だ。噂《うわさ》のバカ貴族が悔しそうにする姿は見たかったね。

「それで、ゼレフのことだけど。ミサーナちゃんのパーティーのあと、王都にはわたしが連れて帰るから、ユナちゃんは安心してね」

「いいの？」

「ええ、その代わりにクリフとノアのことをお願いね」

王都に一度戻らないで済むのはありがたい。なんだかんだで、面倒なのは変わりない。

「助かるけど、エレローラさんは1人で来たの？」

「部下が数名一緒よ。出発するまで宿に泊まってもらっているわ」

流石のエレローラさんでも1人でこんなところまでは来ないよね。

「本当はわたしは1人でもよかったんだけど。国王陛下が連れていけってうるさくて、しかたなくてね」

しかたないって。エレローラさんは貴族なんだから護衛は必要でしょう。

「お母様。帰るまで一緒にいられるんですか？」

「お仕事があるけど、少しなら大丈夫かな？」

「お仕事ですか？」

「ええ、意地悪な国王陛下の命令でね。本当はそんなの無視して、ノアと一緒にいてあげたいんだけど」

ゴメンね、と謝るエレローラさん。そういえば仕事で来たって言っていたっけ。1割が仕事だと。

「仕事はすぐに終わるんですか？」

「うーん。昼間は無理かな。でも、夜は時間があるから一緒にいましょう。だからユナちゃん、昼間はノアのことをよろしくね」

「それで仕事ってなんですか？　話せないようだったら聞きませんけど」

面倒事に巻き込まれるのは困る。でも、フィナたちが面倒事に巻き込まれるなら聞いておいたほうがいい。

「この街の視察ね。国王陛下が文官を送ろうとしていたのを、わたしが横取り、じゃなくて、わたしが行くと申し出たのよ」

今、この人、横取りって言ったよ。

「でも、よく国王様が許してくれましたね」

「一生懸命にお願いをしたからね。娘に会いたい。夫に会いたい。娘に会いたい。娘に会いたい。娘に会いたい。って呪文《じゅもん》のように陛下の前で唱えたら、呪文の効果が出て、許可が下りたのよ」

国王、うるさかったんだね。でも、夫のクリフの数が少ないのは気のせいかな。

「それで視察って」

「大したことはしないわよ。街を歩いて情報収集するだけ。そのあとはグランお爺ちゃんとクリフから話を聞いて、今後のことを考えるわ。明日のミサーナちゃんのパーティーには参加するつもりだし」

なんとも、自由な視察だ。

「だから、本格的に動くのはパーティー後からかしら？　街の有力者に冒険者ギルドや商業ギルド、サルバード家にも行かないといけないし」

そう言うと、メーシュンさんが夕食に呼びに来るまでの間、リバーシを見つけたエレローラさんがリバーシ大会に参加することになった。

203　クマさん、ドレスを着る

ミサのパーティー当日。わたしは最大の敵に遭遇した。倒すことは不可能。逃げることもできない。わたしはこの異世界に来て最大の危機に直面している。

まさか、こんなことになるとは思わなかったし、想像することもできなかった。ノアとフィナがわたしのことを裏切るなどと、誰が思うだろうか。ここには信じられる者は誰もいない。一番信用していた者に裏切られた。

わたしは、どうにかして逃れる方法はないかと思考を巡らせるが、裏切られたダメージで思考が鈍る。しかも相手は、わたしに考える時間を与えないようにドレスを持って近寄ってくる。

「さあ、ユナさん。ドレスを用意しましたから着替えましょう」

ノアの手に綺麗《きれい》なドレスがある。

これがミレーヌさんやエレローラさんなら、振りほどいてでも逃げるんだけど。今日はミサの誕生日パーティーであり、近寄ってくるのは10歳の女の子だ。攻撃することも逃げることもできない。

「ノア、話し合おう。話せば分かるよ」

今のわたしには対話しか残されていない。

「クマさんの格好も似合っていますが、今日はミサのパーティーです。ユナさんもドレスを着ましょう」

ノアが黒と白を使ったドレスを持って近寄ってくる。ノア曰く、くまゆるとくまきゅうの色らしい。ノアとフィナの2人で選んだそうだ。

確かに綺麗なドレスなのは間違いない。わたしだって、女の子だ。元の世界にいたときなら、クマの着ぐるみと綺麗なドレスの2択なら、間違いなくドレスを選んでいた。綺麗なドレスを着たい気持ちは少なからずある。でも、今のわたしはクマの着ぐるみを脱ぐことに戸惑いを覚えている。

「フィナ。どうして、黙っていたの？」

教えてくれたとしても、どう対応したらいいか分からなかったけど。考える時間はあったはずだ。

「だって、あのときユナお姉ちゃん、わたしを置いて帰っちゃうから」

確かにフィナのドレス選びに時間がかかると思って、あのときはフィナをノアのところに置いてきた。決して、自分に火の粉がかからないように逃げたわけじゃない。フィナとノアの2人の邪魔をしてはいけないと思っただけだ。

「それにノア様に、パーティー当日にユナお姉ちゃんを喜ばせるから、内緒だって言われて」

確かに普通の女の子ならサプライズに喜んだかもしれない。ドレスを着ることが人生に何回あるか分からない。でも、クマの着ぐるみに慣れてしまったわたしにとって、今やクマの着ぐるみよりもドレスを着るほうが恥ずかしい気持ちになる。

「ユナさん。着てくれないんですか？」

「ほら、サイズが違うかもしれないでしょう？」

着ぐるみを着ているんだ。わたしの正確な体のサイズは分からないはず。まして、わたしの全てのサイズはトップシークレットになっている。誰も知らない。

「大丈夫です。身長はララが把握してましたし、ユナさんの体のサイズは一緒にお風呂に入ったときに確認してますから」

お風呂っていつ？

ノアとお風呂に入ったのは最近だよね。

いやいや、国王誕生祭のときか！

だからといって、見ただけでサイズとか分かるわけないよね。

それにあれからどれだけ経ったと思っているの？　人は日々、成長する生き物だよ。

身長だって伸びて、体重のほうは……きっと変わっていない。でも胸とかは成長して……。

着ぐるみの上から胸を触る。うん、分からない。

「クマさんのお風呂でも、昨日のお風呂でも確認しましたが、あのときから変わってませんから大丈夫です」

ノアが自信満々の笑顔で言う。

子供の無邪気な発言って人を傷つけるよね。かなりの精神的なダメージを受けたよ。

パーティーが始まる前に倒れそうだ。

「どうして、そんなに嫌がるんですか。ミサも喜びますよ」

「うぅ」

「それにユナさん綺麗だから、ドレス似合いますよ」

「フィナもユナさんがドレスを着たところ、見たいよね」

「…………」

「はい」

フィナの目は「わたしも着ますから一緒に着ましょう」って言っている。

部屋から逃げ出すことは簡単だ。でも、逃げたらパーティーに参加しづらくなる。

ミサのパーティーには参加してあげたい。逃げ出して参加しなかったら、招待状を送ってくれたミサに悪い。うぅ～、逃げ道がない！

「わ、分かった。でも、条件があるよ」

わたしは苦肉の策を考え、ノアに条件を伝える。ノアはその条件を渋々と飲んでくれた。

ドレスに着替えたノアとフィナ。先日、ノアのドレス姿を見て可愛いと思ったけど、フィ

ナも負けじと可愛いね。ノアが赤、フィナが薄緑色のドレスだ。ノアは着なれているから
か堂々としている。でも、フィナは恥ずかしそうに体を縮こまらせている。
「うぅ、恥ずかしいです」
恥ずかしいのはわたしのほうだ。
わたしの格好は白と黒のドレスだ。サイズも合っている。なんで見ただけでサイズが分
かるの？　しかも、成長していないとか。
「ユナさん、似合ってます！　綺麗です！」
ノアが褒めてくれるが、気恥ずかしい。
元の世界でも、ドレスを着たことなんて一度もない。わたしと同い年で、ドレスを着て
パーティーをしている人がどれほどいる？　普通、いないだろう。
鏡の前に立ち、自分の姿を見るとさらに恥ずかしくなってくる。見慣れない格好のせい
かもしれないけど。似合っていないように見える。
「ユナさんの黒い長い髪が綺麗だから、白と黒のドレスに合います」
ノアの金色の髪のほうが綺麗だよ。
「うぅ、ユナお姉ちゃんは綺麗だけど。わたしがこんな綺麗なドレスを着ても似合わない
よう」
フィナはわたし以上に自分を卑下する。わたしからすれば、フィナのほうが似合ってい
る。とても可愛く、薄緑色のドレスがフィナを引き立てている。

「フィナはわたしと違って可愛いから大丈夫だよ」

「ユナお姉ちゃんのほうが可愛いです」

わたしたち2人とも恥ずかしくなり顔を赤らめる。お互いに褒め合うのはやめよう。

「2人とも似合っているから大丈夫です。きっと、お母様もお父様も見たら驚きますよ」

この格好で人前に出るんだよね。ミサには悪いけど、帰りたくなってきた。それはフィナも同様のようだ。わたしは諦めて、脱ぎ散らかしているクマさん装備に近づく。そして、クマさんの靴を履き、両手にクマさんパペットを装着する。

「ユナさん、本当につけるんですか?」

これがドレスを着る条件だ。

クマの靴とクマさんパペットをすることを条件に、ドレスを着ることにした。だから、今のわたしは白と黒のドレスにクマさんの靴を履き、手にはクマさんパペットをつけている格好になる。

でも、この世界に来て、クマの着ぐるみにはお風呂以外ほぼ24時間、お世話になってきた。それを全て脱ぐのは抵抗がある。せめてと思って手袋や靴のある状態にしてみたけど落ち着かない。

どこかのゲーマーが、持ってる武器は最強で防具は紙、そんな装備でクエストをこなしていたけど、今のわたしはそんな心境だ。好きでこんなことをするプレイヤーの気持ちが分からない。

一撃でも喰《く》らえば死ぬというのに。やっぱり、ゲームと現実の差かな。

わたしは最強の防具、クマの着ぐるみに優しく触れてクマボックスにしまう。


ドレスに着替えたわたしたちはパーティーが行われる部屋に向かう。

パーティー会場はグランさんのパーティーをやった場所とは違うところらしい。本当に身内だけらしく、参加するのはミサの家族とフォシュローゼ家、あとはグランさんのところで働く人たちだけと聞いた。

部屋の中に入るとすでにクリフとエレローラさん、そのほかに何人か集まっている。

わたしに視線が集まっている気がするが、自意識過剰かもしれない。そんななかエレローラさんが笑みを浮かべながらやってくる。

「あら、ユナちゃん。今日はドレスを着ているのね」

あなたの娘さんのおかげです。

「でも、なんだ。その手と足は」

クリフがわたしのクマの手と足を見て呆《あき》れたように言う。分かっているから、なにも言わないで。

「お父様も、そう思いますよね。でも、ユナさんがドレスを着る条件に手と足はクマさんをつけることを要求してきたんです。せっかくこんなに綺麗なのに、もったいないです」

なんと言われようがクマさんパペットとクマの靴は脱げない。クマさんパペットがなければ魔法は使えないし、クマさんの靴がないと素早く動けない。だから、この2つだけは譲れない。

　小学生以来、走った記憶がない。クマの靴がなければフィナたちに負ける自信だってある。コケッコウを追いかける孤児院の子供たちは凄《すご》いと思う。

「それにしても、おまえさんがクマの格好をしていないのは違和感があるな」

わたしも違和感がありまくりだよ。それに落ち着かない。

「でも、似合っているわよ。男の子たちが今のユナちゃんを見たら、婚約の申し込みが殺到するわ」

　殺到しないでいい。いらないし。

「わたしのことよりも自分の娘さんを褒めてあげてください」

「もちろん、ノアもフィナちゃんも可愛いわよ。ただ、それ以上にユナちゃんのドレス姿が衝撃的だったのよ」

わたしはため息を吐《つ》いて席に着こうとするが、どこに座ったらいいか分からない。

貴族のパーティーに参加したことがないわたしが知るわけもなく悩んでいると、メーシュンさんが近寄ってくる。

「ユナ様とフィナ様の席はこちらになります。座ってお待ちください」

どうやら、家族ごとに席の位置は決まっているらしい。

フォシュローゼ家、ファーレングラム家。そして、わたしとフィナ。少し離れた位置にお屋敷で働く者たちの席がある。

わたしは席に座って待つ。

それにしてもドレスは肌寒いね。着ぐるみのおかげでいつも最適な温度になっていたから気にならなかったけど。しかも、スカートだから、足元がスウスウする。

まだ少ししか離れていないのにクマの着ぐるみが恋しくなってくる。

席に座って待っているとグランさん、ミサの両親、最後にミサが部屋に入ってくる。そのときに部屋を見回したグランさんの視線がわたしで止まった。

「……誰かと思ったら、嬢ちゃんか」

すぐに気づこうよ。グランさんの前ではクマさんフードを深く被《かぶ》っていないでしょう。

「ユナお姉さま。綺麗です」

「ありがとう。ミサも綺麗だよ」

たとえお世辞でも、バカにされるよりは嬉しいね。

全員が席に着き、パーティーが始まる。

204　クマさん、パーティーに参加する

パーティーが始まるとゼレフさんが作った料理が運ばれてくる。

王宮料理長の料理だよ。昨日の夕食に料理は食べさせてもらったけど、パーティー料理は初めてだ。美味《おい》しそうな料理がテーブルに並んでいく。綺麗《きれい》に作られた料理。色とりどりで視覚も嗅覚《きゅうかく》も楽しませてくれる。料理が並び終わると、ミサが恥ずかしそうに立ち上がる。ミサの楽しんでくださいの言葉で、乾杯が行われ、パーティーのスタートだ。

礼儀作法は知らないけど、普通に食べていいんだよね。

隣を見ると、フィナも同様にどうしたらいいか迷っている。そして、わたしを困ったように見る。そんな目で見られても貴族のパーティーでの食べ方なんて知らないよ。だから、参考になる人物の真似をするしかない。斜め前に座っているノアはフォークやスプーンを使って美味しそうに食べている。フィナに小声で「ノアの真似をすればいいんじゃないかな？」とアドバイスをしておく。

とはいえ、酷《ひど》い食べ方をしない限り、文句を言う人もいないと思う。もし注意されたら、気をつければいい。それにマナーに気を使って、せっかくのゼレフさんの料理の味が分か

らなくなっても困る。だから、適度に気にしながら食べることにする。

手始めに美味しそうなスープを飲む。アンズが作るスープとは違うが美味しい。今度ゼレフさんにパーティー料理の作り方を聞きたい。アンズに教えてもらえないかな。そうすればいつでも食べられるようになる。


それにしても太ももや腕、首もとが涼しくて落ち着かない。着ぐるみは温度調整もしてくれるし、見た目さえ気にしなければ最高の服だった。あのモコモコ感が恋しくなる。

ドレスは借り物だから汚さないように気をつけないといけない。汚すつもりはないけど、ドレスの上に料理をこぼしたら大変なことになる。ドレスがいくらするか分からないけど、高いのは間違いない。

フィナも気にしてか、小さな口でちょっとずつ食べているため、食べる速度が遅い。

「これでミサも10歳ね」

ミサの母親が娘を見る。

「はい。ノアお姉さまと同じになりました」

「でも、数か月後にはわたしは11歳になるから、またお姉さんですよ」

ノアが「同じ年齢」って言葉に反応して、お姉さん宣言をする。確かに、少しでも早く生まれていればお姉さんなのは間違いない。

「はい、ノアお姉さまはこれからもお姉さまです」

そういえばフィナも10歳だったよね。誕生日はいつなんだろう。

フィナの今までの環境を考えると祝われたことがないかもしれない。今度、ティルミナさんに聞いてサプライズパーティーをするのもいいかも。フィナには、この世界に来て一番お世話になっているからね。わたしはいい案だと思い、心に留めておく。

パーティーには料理の手伝いをしたメイドさんたちも参加し、ゼレフさんとボッツさんは料理を食べながら評論会をしている。

味つけがどうとか、濃いと薄い、ほかの素材を使うといいかもしれないとか声が聞こえてくる。

ボッツさんはフォークをどうにか持つことができるようになっていた。でも、腕を上げる動作で少し痛そうな顔をしている。まだ包丁を振ることはできそうもない。料理には細かい作業も要求されるから、本格的に作れるようになるにはしばらくかかりそうだ。

ノアは久しぶりに会えたエレローラさんと、最近忙しかったクリフと一緒に楽しそうに会話をしている。

聞こえてくる会話は王都にいるシアの話や、わたしが学生を護衛したときの話をエレローラさんがしたり、ノアはノアで、クリモニアでのわたしの話をしている。なぜ、わたしの話が中心になっているの？

普通、久しぶりに会ったら、自分たち家族のことを話すものじゃない？

時間も進み、ノアがミサにプレゼントを渡した。なにをプレゼントしたのかなと思ったら、リボンを贈ったそうだ。年齢に相応《ふさわ》しい可愛いプレゼントで安心する。もしプレゼントが宝石やドレスなどの高級品だったら、2人を見る目が変わってしまったかもしれない。もっとも、あのリボンも高級な糸を使ったりしているんだろうとは思うけど。

わたしがプレゼントのタイミングを計っていると、隣のフィナが「どうするの？」って感じでわたしのほうを見た。プレゼントにはケーキとクマのぬいぐるみの2つがある。ミサはノアにリボンをつけてもらい、嬉しそうにしている。わたしはテーブルを見る。パーティーも中盤に入っているので、料理も減っている。

そろそろケーキを出してもいいかな？

「ミサ、ちょっといいかな？」

「はい、なんですか？」

「わたしとフィナからもプレゼントがあるんだけど」

「プレゼントですか⁉」

わたしの言葉にミサは嬉しそうにする。

「フィナと一緒にお菓子を作ったんだけど、食べてくれる？」

クマボックスからフィナと作った大きな2段ケーキを取り出す。

初めて見るケーキにミサは興味津々になる。ケーキにはイチゴが綺麗に並び、中央にフィナがイチゴのクリームで書いてくれた『たんじょうびおめでとう』の文字がある。

「ユナお姉さまとフィナちゃんが作ってくれたのですか。嬉しいです」

「フィナがミサのプレゼントで悩んでいたから一緒に作ろうって話になってね」

「それにしても綺麗なお菓子ね」

ミサの母親がケーキの感想を言う。

「はい。食べるのがもったいないです。でも、どうやって食べるんですか？」

ホールの2段ケーキのままだ。流石《さすが》に1人分とは思っていないと思うけど。切り分ける旨を伝える。

「切るんですか⁉」

「切り分けないと食べられないからね」

「う～、せっかくの文字がもったいないです」

その言葉にフィナが恥ずかしそうにしている。

「文字はケーキの味と一緒に心の中で記憶してくれると嬉しいかな」

「分かりました。覚えておきます」

ミサは文字が書かれているケーキを見て頷《うなず》く。ミサから了承を得たので、ケーキを切り分けることにする。

ケーキにナイフを入れると、ミサの口から「ああ」と少し悲しそうな声があがる。こればかりはしかたないので我慢をしてもらう。

切り分けたケーキをお皿にのせる。たくさん作ったから全員に行き渡った。配り終わると、みながフォークを持ってケーキを食べ始める。

「美味しいです」

「本当に美味しいのう」

「前にも食べたが美味しいな」

「わたしも一緒に作りたかったです」

初めて食べるミサやグランさんたちを含め、一度食べたことがあるノアやクリフたちからも、お褒めの言葉をもらう。

「嬢ちゃん、おまえさんはこんな美味しいものまで作れるのか。冒険者をしなくても、料理人としてやっていけるんじゃないか？」

わたしのことを知らないグランさんが聞いてくる。

「グラン爺《じい》さん。こいつはすでに自分の店を2つ持っているし、ほかの商売もしているぞ」

「そうなのか？」

「しかも、クリモニアでは人気の店で、娘も出入りしている」

「だって、ユナさんのお店の料理、美味しいから」

「ノアお姉さま、ズルイです」

なんか知らないけど、ミサの誕生日パーティーなのにわたしの話で盛り上がり始める。

ノアが自慢気にわたしの店のどの料理が美味しいか話す。ミサは羨《うらや》ましそうに聞いている。

そのたびに「ズルイです」って言葉が何度か聞こえてくる。

「一番ズルイのはフィナです」

「わ、わたしですか？」

ノアの唐突な言葉にフィナが驚く。

「だって、ユナさんと一緒にケーキを作るなんて。わたしも一緒に作りたかったです。どうして誘ってくれなかったんですか」

ノアは頰《ほお》を膨らませて、少しいじけるような仕草をする。

「それはミサへのプレゼントにフィナが困っていたからね」

「うぅ、わたしもユナさんに相談すればよかったです」

「それじゃ、今度一緒に作ろうか？」

「本当ですか？」

「わ、わたしも作りたいです」

ノアの言葉にミサも少し遠慮しながら口にする。

「それじゃ、誕生会が終わったら、みんなで作ろう」

「いいんですか？」

ノアとミサとケーキ作りの約束をすると、嬉しそうにした。

ふとゼレフさんたちのほうを見ると、話し声が聞こえてくる。

「本当に美味しいな。プリンもそうだったが、あの嬢ちゃんはなんなんだ？」

「冒険者でわたしが尊敬する料理人ですよ」

　ゼレフさんがボッツさんの問いに答える。尊敬とかやめてほしいんだけど。王宮料理長に尊敬されるとか、そんなことが広まると大変なことになる。それにわたしは料理人ではない。

「でも、これどうやって作るんだ」

　ボッツさんはクリームをスプーンですくって食べる。

「わたしはユナ殿に教わりましたから作れますよ。でも、ボッツには教えることはできません」

　なぜか、ゼレフさんが優越感にひたりながら言う。その態度にボッツさんが悔しそうにしている。仲がいい。

　ケーキは概《おおむ》ね、好評のようだった。あとはクマのぬいぐるみを渡すだけだ。

205　クマさん、クマさんのぬいぐるみをプレゼントする

ケーキも食べ終わり、あとはぬいぐるみを渡すだけになった。

喜んでもらえれば嬉しいけど。大人ぶって「ぬいぐるみですか、わたし、そんな子供じゃありません」とか言われたりしないか心配だ。今さらだけど10歳って年齢は微妙なお年頃だ。大人になってもぬいぐるみが好きな人もいるけど、子供でも興味がない子もいる。

「ミサ、一つ聞くけど。ぬいぐるみは好き？」

「ぬいぐるみですか？　……好きですよ。お母様にいただいた犬のぬいぐるみを大事にしてます」

一瞬、間があったけど、好きという言葉にわたしとフィナは安堵《あんど》する。

「それじゃ、もう一つのプレゼントも受け取ってもらえるかな？」

「もう一つあるんですか!?」

わたしはクマボックスからくまゆるのぬいぐるみを出すとフィナに渡し、くまきゅうのぬいぐるみはわたしが持つ。こうすれば2人からのプレゼントっぽく見える。

ぬいぐるみを取り出した瞬間、騒ぐ人物がいた。

「な、な、なんですか！　それは！」

ミサよりも先にノアが反応する。

「くまゆると、くまきゅうのぬいぐるみだよ」

ノアが席を立つと駆け寄ってきて、わたしが抱いているくまきゅうのぬいぐるみを凝視する。

「可愛《かわい》いです。そっくりです。ユナさん、わたしにください」

「ダメに決まっているでしょう。ミサへのプレゼントなんだから」

「そんな～、せめて片方だけでも」

ノアがくまきゅうとくまゆるのぬいぐるみを交互に見る。

「ダメだよ。両方揃《そろ》っていないとくまゆるとくまきゅうが可哀想《かわいそう》でしょう。だから、両方ともミサへの誕生日プレゼントだよ」

ぬいぐるみでもくまゆるとくまきゅうが離れ離れになったら可哀想だ。それにわたしとフィナからのプレゼントだ。

「どうして、今日がわたしの誕生日じゃないんですか!?」

そんなことをわたしに言われても困る。文句ならクリフとエレローラさんに言ってほしい。ノアは床に膝をついて落ち込む。

「うう、くまゆるちゃんとくまきゅうちゃんのぬいぐるみ、わたしも欲しいです」

ノアは悲しそうな顔をしている。

想像どおりだ。

「えっと、そんなに欲しいの？」

「はい、すごく欲しいです……」

顔を上げて、訴えるようにわたしを見る。

「それじゃ、今度プレゼントしてあげるから」

「ほ、本当ですか！」

ノアはわたしの言葉に元気を取り戻す。

まあ、ノアも欲しがると思ってもともとプレゼントするつもりだった。クリモニアに帰るころには、シェリーがいくつか作ってくれているはずだ。欲しがると思っていたけど、予想以上の反応だった。

「だから、今日は我慢してね」

「分かりました。わがままを言ってごめんなさい。でも、約束ですよ」

ノアは素直に謝り、約束を強調する。

わたしとフィナはクマのぬいぐるみを持って、ミサのところに向かう。後ろではノアが羨《うらや》ましそうに見ている。クリモニアに帰ったらプレゼントするから、そんな目で見ないで。

ノアの視線を気にしながらミサのところに来る。

「先にいいよ」

フィナに先にプレゼントを渡す順番を譲る。

「ミサ様、誕生日おめでとうございます。頑張って、ユナお姉ちゃんと一緒に作りました」

フィナがくまゆるのぬいぐるみを差し出すと、ミサは嬉しそうに手を伸ばして受け取る。

「ありがとうございます。可愛いです。本当にもらっていいんですか？」

「ミサへの誕生日プレゼントだからね。ぬいぐるみが好きでよかったよ」

「恥ずかしがらずに、好きって言ってよかったです。聞かれたとき、一瞬、小さいときは好きだったけど、今は興味がないって答えようかと思ったんです」

「そうしたら、プレゼントはしなかったね」

「そうしたら、わたしがもらっていたのに……」

ノアが残念そうにしている。

「それじゃ、くまきゅうも大事にしてね。片方だけじゃ可哀想だから、一緒に可愛がってくれると嬉しいな」

実際のくまゆるとくまきゅうも片方だけかまうといじけるからね。

わたしはくまきゅうのぬいぐるみをプレゼントする。ミサは小さな体でくまきゅうのぬいぐるみを大事に抱きしめる。

「2つとも大切にします。ありがとうございます」

ミサが今日一番の笑顔を見せてくれる。

「ミサ、可愛いぬいぐるみをもらえてよかったわね」

「はい」

ミサの母親が娘の笑い顔を見て喜んでいる。

「でも、クマさんのぬいぐるみをもらったら、ユナさんにお願い事ができません」

ミサがぬいぐるみを抱きしめながら、そんなことを言う。

「なにか、お願い事があったの？」

「はい、くまゆるちゃんとくまきゅうちゃんに、もう一度会いたかったんです。だからお願いをしようと思っていたんです」

「そんなことを頼もうとしていたの？」

「はい……」

「言ってくれればよかったのに」

わたしは子熊化した、くまゆるとくまきゅうを召喚する。

「な、なんですか⁉　くまゆるちゃんとくまきゅうちゃんが、ぬいぐるみみたいに小さいです」

「この状態の大きさを見本にしてぬいぐるみを作ったからね」

くまゆるとくまきゅうはミサのところに向かう。ミサはくまゆるとくまきゅう、さらにぬいぐるみのくまゆるとくまきゅうの4体のクマに囲まれる。

「ミサ、ズルイです」

我慢ができなくなったノアがクマたちと纏《まと》めてミサに抱きつく。クマたちがミサとノアに挟まれる。

それから、ノアとミサはくまゆるとくまきゅうと遊び始めた。その様子を微笑《ほほえ》ましそうに見ていたミサの母親が、わたしのほうを見る。

「ユナさん、フィナさん。今回はありがとうございます。こんなに喜んでいる娘を見るのは久しぶりです。ミサはユナさんとフィナさんに招待状を送ってから、ずっと楽しみにしていました」

そう言われると、断らずに来てよかったと思う。ドレスを着る羽目になったのは予想外だったけど。

「これからも娘と仲よくしてくださいね」

「はい」

わたしとフィナは返事をする。

「ユナちゃん、娘へのぬいぐるみは嬉しいけど、フローラ様へのぬいぐるみはないの？」

クマたちと遊ぶ娘たちを見てエレローラさんが尋ねてくる。

「もちろん、用意してますよ」

「ふふ、よかったわ。こんなものを見せられて、フローラ様の分がなかったらどうしようかと思ったわ」

渡す順番がいろいろとおかしくなってきているけど、そもそも、ぬいぐるみを作ろうと思ったきっかけはフローラ様だ。

「それにしても、ミサはいいものをもらったな。わしも嬢ちゃんにパーティーの招待状を送っておけばいいものがもらえたのかのう」

グランさんへのプレゼント？

「グランさんもぬいぐるみが欲しかったの？」

「違うわ！　おまえさんはプレゼントにしても、料理にしても驚かせてくれるからな。もしわしにプレゼントをくれるとしたら、なにをくれたかと思ってな」

グランさんへのプレゼントを考えてみるがお年寄りが喜びそうなものが思いつかない。肩叩《たた》き券？　いやいや、孫じゃないんだから。それなら骨董品とか、国王同様に珍しい武器とか？

あと、貴族として思いつくのは、宝石とかだけど、そんなものは持っていない。貴族のグランさんが喜びそうなプレゼントは思いつかない。

……うん？　ああ、いいものが1つあった。

「グランさん、飾る系でもいい？」

「飾る？」

「玄関や目立つ場所に飾るとカッコいいものがあるんだけど」

「ほほう。それをわしにプレゼントしてくれるのか？」

「うん、いいよ。いらなかったら持ち帰るから、言ってね」

わたしは人がいない場所に移動して、クマボックスからアイアンゴーレムを取り出す。

「きゃ――――」

「なんだ！」

「ゴーレムだ！」

「ユナ、なにをするんだ！」

ゴーレムを出したらみなが騒ぎだす。椅子を倒して逃げだす者。叫ぶ者。腰を抜かす者。

みんな、なにをそんなに騒いでいるの？

「グランさん、これを飾ったらカッコよくない？」

わたしはアイアンゴーレムをコンコンと叩く。クマさんパペットをつけているから、そんな音は鳴らないけど。

「嬢ちゃん、危険はないのか？」

グランさんが恐る恐る尋ねてくる。

「なにが？」

「それ、アイアンゴーレムじゃろう？」

「うん、そうだけど」

見れば分かると思うけど。初めて見るのかな？　わたしも初めてだったし。でも、なにか会話がかみ合っていないような気がする。わたしが首を少し傾《かし》げていると、フィナがみんなが驚いている理由を教えてくれる。

「ユナお姉ちゃん。みんな、ゴーレムが動くと思っているみたいだよ」

ああ、なるほど。それでみんな、騒いでいたのか。フィナが説明してくれて、やっと理解した。

「このゴーレムは動かないから大丈夫だよ」

「本当か？」

疑《うたぐ》り深い。動かないことを証明するために、何度も触れてみせる。

「ユナちゃん、もしかして、そのゴーレムって、こないだの？」

「そうだよ。たまたま、無傷で倒す方法があったから」

エレローラさんが、鉱山に現れたゴーレムをわたしが討伐したことを話す。

「おまえさん、アイアンゴーレムを討伐したのか。でも、こんなに状態のいいもの、初めて見たぞ」

グランさんが近寄ってアイアンゴーレムを見る。ガザルさんたちにも言われたっけ。討伐するときにどうしてもダメージを与えるから、原形をとどめない場合が多いって。わたしの場合、電撃魔法で魔石を破壊して倒したからばっちり原形をとどめている。

「玄関にどう？　目立ってカッコよくない？」

すでにプレゼントした2人は飾ってくれている。

「確かに目立つが、客が来たら、みんな驚くぞ」

「それじゃ、いらない？」

いいプレゼントだと思ったのに。

「くれるならもらうが、本当にいいのか？　こんなよい状態のアイアンゴーレムはかなりの高値で取引されるぞ。金属の量だけでも、かなりの金額になるからのう」

「まだたくさんあるからいいよ」

クマボックスには、まだ数体のアイアンゴーレムが入っている。現状では使い道がない。

わたしがそんなことを言うとクリフは頭をかかえ、グランさんやエレローラさんは笑みを浮かべながらも呆《あき》れている。ミサとノアは初めて見るゴーレムに興味を持ったのか近づいて見ている。

ほかの人はゼレフさんやボッツさんと一緒に離れた場所からこちらを見ている。一般人にはアイアンゴーレムはかなりショックだったみたいだ。鍛冶《かじ》屋さんの2人はそんな叫ぶほど驚いていなかったから、気にもしなかった。今度出すときは気をつけよう。

「おまえさんは非常識なやつだと思っていたが、ここまで非常識の塊とは思わなかったわい」

「俺は知っていたぞ」

「わたしも」

グランさんがわたしのことを非常識と認定した。しかも、クリフやエレローラさんも同意する。さらに、よく見るとゼレフさんもボッツさんも頷《うなず》いている。

あれ、おかしいな？

クマの着ぐるみ以外はわたしは普通だよね。って気持ちをのせて3人娘を見る。

でも、否定する言葉は出てこなかった。

クマさん、泣くよ。

番外編① ネリンとエレナ その1

クリモニアに来てから、忙しい日々が過ぎた。

お店で働くことになったわたしはケーキ作りを覚え、時間があるときはユナちゃんの言葉を参考に新しいケーキを考えたりしている。もちろん、モリン叔母さんからもパン作りを教わっている。初めはいろいろと戸惑うことも多かったけど、楽しい日々が続いている。仕事のことになると怖いけど、やさしいモリン叔母さん。わたしが困っていると助けてくれるカリンお姉ちゃん。そして、一緒に働く孤児院の子供たち。とても楽しい職場だ。

お店はモリン叔母さんが仕切っている。お金に関してはティルミナさんが管理している。仕入れとか、時期による食材、価格の上昇、食材の仕入れ価格などを全て調べてくれる。店で足りないものがあったら、すぐに対応してくれるので、混乱するようなことはない。だから、モリン叔母さんはパン作りに集中できるから、とても助かると言っていた。

わたしのほうも、つねにケーキを作る食材が用意されているので、作ることだけに集中できる。もし自分で仕入れからやらなければならなかったら大変だった。本当にティルミナさんには感謝しないといけない。

このお店で働くようになって一番驚いたのは、クマさんの格好をしているユナちゃんのことだ。わたしが働く「くまさんの憩いの店」のオーナーでもある。ほかにもミリーラの町から来たアンズさんのお店の「くまさん食堂」も経営している。ユナちゃんはわたしが教わったケーキだけでなく、チーズという食材を使ったピザって料理やプリンも考えたそうだ。お菓子のポテトチップスも美味《おい》しいし、料理人としての才能も凄《すご》い。でも、自分でお店をやったりはしないという。本人曰く、面倒くさいそうだ。

ユナちゃんはお店で一番偉いけど、口を出すことはほとんどない。たまにモリン叔母さんに、こんなパンが食べたいとリクエストしているぐらいだ。

お店は6日開いたら1日休みがある。みんなで疲れをとって、6日間働こうってことらしい。ユナちゃん曰く、働きすぎは効率を下げるらしい。疲れも溜まって、仕事が遅くなるのだという。「休みを入れたほうが効率も上がるし、嬉しいでしょう」と言われた。確かに、休みがあると嬉しい。交代制だとお店のことが気になってしまう。でも、全員が休みなら、そんなことは考えないですむ。モリン叔母さんとカリンお姉ちゃんと一緒にお出かけをすることもできる。

今日は休みで、宿屋で知り合ったエレナさんと出かける約束になっている。エレナさんは宿屋の娘さんだ。わたしが初めてクリモニアに来たときにお世話になった。わたしより少し年上で、たまにお店に来たりすることもあって、仲よくしている。

「エレナさん、今日はお休みを合わせてくれてありがとうございます」

「『くまさんの憩いの店』の定休日は前から分かっているし、お父さんとお母さんに前もってお願いしておいたから、大丈夫だよ」

「でも、宿屋は凄い大変なんですよね」

なんでも最近、大きなトンネルが作られ、山を越えないといけなかった町に簡単に行けるようになったそうだ。それで、人が多く行き来するようになって、宿屋は大忙しと聞いた。わたしが初めて来たときに泊まることができたのは幸運だったみたいだ。いつかはその町にも行ってみたいものだ。

「本当に大変だよ。うちとしては嬉しいんだけど。毎日、洗濯に掃除、料理の手伝いと、もうやることがいっぱいだよ」

忙しいのはわたしだけじゃないみたいだ。

「よくお休み、許してくれましたね」

「最近、人を雇ったからね。だから少しは楽になったよ」

わたしはエレナさんと話をしながら街を歩く。

「あの洋服屋さん、可愛《かわい》い服を売っているから、おすすめだよ」

エレナさんが洋服屋さんのお店の前に着くと教えてくれる。

「もしかして、クマの服も……」

ユナちゃんのクマの服が売っているかもしれない。でも、エレナさんは笑いながら「売っていないよ」と言う。ユナちゃん、あのクマさんの服はどこで買ったのかな？　もしかして、自分で作ったのかもしれない。

それから、お店に入って服を見たりする。洋服を見たあとも、可愛い小物を売っている雑貨屋さん、美味しい屋台、在庫が豊富な怪しい本屋さん、休憩するのにおすすめの場所、それから商業ギルド。そして、なぜか冒険者ギルドまで案内される。

確か、冒険者ギルドではフィナちゃんとシュリちゃんのお父さんが働いている。

2人はティルミナさんの娘さんで、フィナちゃんは王都でユナちゃんと一緒に出会った子だ。凄く真面目でユナちゃんと一緒にいることが多い。シュリちゃんはフィナちゃんの妹で、ティルミナさんと一緒にいることが多い。

フィナちゃん、シュリちゃんのお父さんには一度だけ会ったことがある。冒険者ギルドで働いているので、たくましい体つきだった。でも、見た目と違って、優しい人だった。

「ちょっとだけ、覗《のぞ》いていこうか」

冒険者ギルドは怖い人がたくさんいるイメージがある。でも、冒険者の人がお店に来ることも多い。女性冒険者がわたしが作ったケーキを食べているのを見たときは、女性冒険者も甘いお菓子が好きだと知って嬉しかった。男性冒険者はパンやピザを美味しそうに食べている。

女性冒険者もいるし、受付には女性もいる。中に入っても大丈夫かな？

わたしはエレナさんに連れていかれるように冒険者ギルドの中に入る。

防具や剣を持った冒険者がたくさんいる。わたしは場違いに感じる。

怖そうな人が多い。そのうちの冒険者の1人がわたしたちに気づくと声をかけてくる。

「宿屋のエレナちゃん？　冒険者ギルドにどうしたんだい」

「ちょっと、散歩です」

怖そうなのにエレナさんは普通に会話を始める。

「もしかして、カッコいい男を探しにきたのか？」

「なら、おまえさんのことじゃないな。俺のことだな」

同じような格好をした男性冒険者がやってくる。

「おまえたち、自分の顔を鏡で見たほうがいいぞ」

「いや、目が悪い可能性もあるぞ」

話を聞いていた冒険者たちが、ギャハハハと大きな声で笑いだす。

目の前の男は笑われて、目を吊《つ》り上げる。

「そんなことはないよな。俺、カッコいいよな。そっちの嬢ちゃんもそう思うだろう？」

迫るように男性冒険者がわたしに近寄ってくる。

「えっと、その……」

怖いです。わたしは一歩下がる。

「なんなら、俺のよさを知ってもらうために、今晩どうだい？」

さらに近づいてくる。

「えっと」

わたしは助けを求めるようにエレナさんを見る。

「離れて、ネリンちゃんが怖がっているでしょう」

エレナさんがわたしの前に立って、助けてくれる。

「ちなみに、彼女を怖がらせたり酷《ひど》いことしたら、大変なことになるよ」

エレナさんが含みがあるような言い方をする。

「大変なこと？」

「彼女はネリン。『くまさんの憩いの店』で働いている女の子よ」

その言葉に冒険者たちの動きが止まる。

「あのクマの嬢ちゃんのお店だと？」

「嘘《うそ》だろう」

男たちがわたしから、少しずつ離れていく。

えっと、なに？

みんなユナちゃんのお店のことを聞いたら、態度が変わった。その顔は焦《あせ》ったような、信じられないような表情だ。

「……嬢ちゃん。あのクマの格好をした女の子のお店で働いているのか？」

「はい、ユナちゃんのお店で働かせてもらっています」

「…………」

「…………」

わたしが答えると、冒険者たちは顔を見合わせる。

「嬢ちゃん、今日のことはなにもなかったということで頼む。俺は嬢ちゃんに声をかけていない。声をかけたとしても、ナンパをしたわけじゃない。決して、クマの嬢ちゃんには今日のことを言わないでくれ」

「俺はなにもしていないからな」

冒険者の男たちが逃げるようにわたしから離れていった。

いったい、なんだったの？

「ふふ、みんなユナちゃんに怒られたくないみたいだね」

「ユナちゃんですか？」

「この街でユナちゃんのことを知っている冒険者なら、ユナちゃんに喧嘩《けんか》を売る人はいないんじゃないかな？　ユナちゃんが怒ったらただじゃ済まないし。お店で食事ができなくなったら、それはそれで困るからね」

エレナさんは笑いながら、わたしの手を引っ張って、ギルドの外に出る。

ユナちゃんって何者なの？　大の男の冒険者が怖がるって。どこから見ても可愛いクマの格好をした女の子だよね。確か、モリン叔母さんがユナちゃんのことを冒険者と言っていたけど、本当だったの？

しかも、大の男の冒険者が怖がるような……？

「ユナちゃんって、本当に冒険者なんですか？　モリン叔母さんやカリンお姉ちゃん、ほかの子たちに聞いても、あんな可愛い女の子が凄い冒険者って言うんですよ。わたし、信じられなくて」

フィナちゃん、シュリちゃん、ティルミナさんに聞いても同じ答えが返ってくる。

「冒険者だよ。それもとっても強いよ」

「冗談じゃないんですよね」

「ふふ、あの可愛い格好からは想像もできないよね」

あの可愛いクマの格好で魔物と戦っているの？　想像もつかない。

「ユナちゃんは優秀な冒険者だよ。クマさん伝説がたくさんあるからね。わたしも初めて聞いたときは信じられなかったから、ネリンちゃんの気持ちは分かるよ」

……クマさん伝説？

「そのクマさん伝説ってなんですか」

エレナさんは笑みを浮かべて「どうしようかな」ってもったいぶるようなことを言う。

「教えてくださいよ」

それから、エレナさんはいろいろと話してくれる。

冒険者ギルドに殴り込んで、何十人もの冒険者を倒したとか。何十メートルも大きな魔物を倒したとか。信じられないことばかりだ。

う〜ん、想像ができない。

ユナちゃんは本当に謎の多い女の子だ。聞けば聞くほど、謎に包まれる。

番外編②　ネリンとエレナ　その2

冒険者ギルドを後にしたわたしとエレナさんは、「くまさんの憩いの店」にやってくる。わたしが働いているお店であり、わたしが住んでいる家でもある。1階がお店になってい て、2階に住まわせてもらっている。

元がお屋敷ってこともあって、部屋も広く、備え付けの家具も高級感がある。本当にここにわたしが住んでもいいのかなと思ってしまう。しかも、家賃は無料だ。追い出されないように頑張らないといけない。

わたしはエレナさんを連れて、お店の前にある大きなパンを抱えたクマの石像の横をすり抜け、裏手に回る。エレナさんに昼食をご馳走すると約束していたので、今ごろ、カリンお姉ちゃんがパンを焼いてくれているはずだ。カリンお姉ちゃんが焼いたパンを食べたあとに、ケーキをご馳走することにもなっている。

「本当にいいの？」

「はい。エレナさんのために作りましたから食べていってください」

昨日の夜にケーキを作って冷蔵庫にしまってある。一生懸命に作ったので、食べてほしい。

お店の裏口に来ると焼きたてのパンの匂いがしてくる。長年、叔父さんと叔母さんと一緒にパンを作ってきただけあって、カリンお姉ちゃんのパンはとても美味《おい》しい。

カリンお姉ちゃん曰く、「子供たちに負けていられないからね」だそうだ。お店で働く孤児院の子供たちは真面目で、一生懸命だ。うかうかしていられないらしい。それはわたしも同様だ。ケーキ作りを子供たちに取られるわけにはいかない。

キッチンに入るとカリンお姉ちゃんがパンを焼いている姿とクマの格好をしたユナちゃんとティルミナさんの姿もあった。

「ユナちゃん、ティルミナさんも来ていたんですね」

ユナちゃんはよくお店にパンを食べにやってくる。ティルミナさんも夕食や翌日の朝食のパンなどをもらいに来る。

ティルミナさんは初めはお金を払おうとしたらしいけど、ユナちゃんがいらないと言ったそうだ。孤児院の食事もわたしたちの食事も全部お店の食材から作っている。だから、ティルミナさんだけからお金をもらうわけにはいかないと言ったらしい。

そのあたりはよいのかなと心配になったりする。かなりの経費がかかるはずだ。ユナちゃんは優しすぎると思う。

「2人もお昼?」

　ユナちゃんはパンを食べながら尋ねてくる。

「はい」

「ネリンちゃんに誘われて、ご馳走になりに来ました」

　わたしとエレナさんは椅子に座る。

　モリン叔母さんの姿はない。モリン叔母さんは休みになると、食材を見に市場に行ったり、孤児院に行ったりすることが多い。なので、外で食べることもある。

「もう、焼けているから好きなのを食べていいよ」

　カリンお姉ちゃんが焼きたてのパンをテーブルにのせてくれる。どれも美味しそうだ。

　わたしとエレナさんはカリンお姉ちゃんにお礼を言って、パンを食べ始める。わたしはパンを食べながら、前に座るユナちゃんを見る。今日もユナちゃんは可愛いクマさんの格好をしている。ユナちゃんを見ていると、冒険者ギルドでの出来事が思い出される。とても冒険者から怖がられているような女の子には見えない。とても可愛らしい女の子だ。本当に冒険者なのか疑ってしまう。冒険者だとしても、みんなが言うような強い冒険者には見えない。

「なに？」

　わたしがユナちゃんのことをじっと見つめていたら、ユナちゃんがパンをかじりながら尋ねてくる。

「その、今日も可愛いと思って」

「お世辞はいらないよ。どうせ、変な格好をしていると思っているんでしょう」

ユナちゃんは横を向いてしまう。

「そんなことないです。ユナちゃんは可愛いですよ」

本当に可愛いと思う。子供たちじゃないけど、あのモコモコの服に抱きつきたくなる。

「ネリンとエレナさんは知り合いだったんだね」

「この街に初めて来たときに、エレナさんの宿屋に泊まったんです。それからエレナさんがお店に来るようになって、お友達になったんです」

お友達もできたし、この街に来てよかった。

「でも、ネリンちゃんに会いにお店に行ったら、ネリンちゃんがクマの格好をしているんだもの。驚いたよ」

エレナさんがお店にやってきたときにクマの制服を見られてしまったのだ。

「うう、言わないでください。恥ずかしいんですから」

「そうなの？　可愛かったよ」

エレナさんが微笑《ほほえ》む。

「クマの格好をしないとお店で働かせてくれないのかと思ってたから」

あのときはお店で働きたいから、ユナちゃんが冗談で言ったのを真に受けて、勢いで了承してしまった。確かに可愛い格好だけど、少し恥ずかしい。お客さんから可愛いと言われるたびに恥ずかしくなる。

「ネリン、クマの格好は恥ずかしい格好なの？」

ユナちゃんが目を細めて、わたしのことを見る。少し、怖い。

「違います。ユナちゃんは可愛いけど、わたしみたいな女の子が着ても似合わないかなと思って」

ユナちゃんは疑うようにわたしを見る。ユナちゃんや子供たちは可愛くて似合うと思うけど、わたしが着ても、似合わないような気がする。

「そういえば、フィナちゃんとシュリちゃんはいないんですか？」

わたしはユナちゃんの視線から逃《のが》れるため、話を逸《そ》らす。いつもユナちゃんとティルミナさんの側にいる2人がいない。

「2人はカリンちゃんに焼いてもらったパンを持って、孤児院に行ったわよ」

ティルミナさんが教えてくれた。

孤児院のパンはモリン叔母さんやカリンお姉ちゃんが焼いている。ほかの店でパンを買うより、安上がりになる。休みの日でも、カリンお姉ちゃんが焼いていることが多い。予定がある場合は前日に焼くこともある。手が空いているときは練習のため、わたしも一緒に作らせてもらうこともある。

パンを食べ終わったわたしは、冷蔵庫からケーキを取り出す。

「みんなも食べますか？」

わたしがみんなに尋ねると、カリンお姉ちゃんとティルミナさんは食べると言う。ユナちゃんには紅茶だけ淹れてほしいと頼まれた。わたしはケーキをテーブルに並べ、紅茶の用意をする。そんなわたしの様子をエレナさんが見ている。

「紅茶の淹れ方、上手だね」

そう言われると嬉しい。領主様のお屋敷で働くメイドのララさんに教わり、一生懸命に練習をした。領主様の家に連れていかれたときは緊張でどうかなるかと思ったけど、貴重な経験ができた。今は感謝している。

ケーキと紅茶の準備を終えると、さっそくエレナさんがケーキを食べ始める。

「う～ん、久しぶりのケーキ。美味しい。ネリンちゃん、ありがとうね」

エレナさんは満面の笑みでケーキを食べてくれる。それだけで、とても嬉しい。

「ああ、このケーキをうちの宿屋でも出せないかな？」

エレナさんは美味しそうにケーキを食べながら、そんなことを言う。

ケーキのレシピは誰にも教えてはいけないことになっている。だから、エレナさんの宿屋でケーキを出すことはできない。

「宿屋でもお客さんがケーキの話をしたり、仕事帰りの人が食べられないって話しているのを聞いているとね」

「うちのお店は子供たちが働いているから、遅くまでやらないからね」

ユナちゃんは子供が遅くまで働くのを嫌う。だから、お店は遅くまではやらないとモリン叔母さんが言っていた。

「それなら、宿屋でもケーキ販売する？」

ユナちゃんが紅茶を飲みながら、そんなことを言いだす。その言葉にエレナさんとわたしは驚く。カリンお姉ちゃんは笑っている。

「ユナちゃん。そうやって、いつも思いつきだけで言わないで」

ティルミナさんは呆《あき》れたように言う。でも、ユナちゃんは気にした様子はない。

「別にケーキの作り方を教えるわけじゃないですよ。ネリンにケーキを作る余裕があれば、宿屋で販売してもらってもいいかと思って」

「それって、つまり、ネリンちゃんが作ったケーキを宿屋で販売するってこと？」

ユナちゃんはそのことを委託販売だという。

「そこはティルミナさんとネリン、それからエレナさんの両親との話し合いになるけど。販売価格はお店と同じ、卸値の掛け率はティルミナさんと相談かな」

「その話し合いって、やっぱりわたしがするのね」

ユナちゃんの言葉にティルミナさんが小さくため息を吐《つ》く。

「でも、確かに昼間に買いに来れないから、お店を遅くまでやってほしいって話はあるのよね」

「くまさんの憩いの店」の閉店は早い。でも、宿屋は遅くまでやっている。宿屋の食堂は泊まっている人だけでなく、泊まっていない人でも入れる。

「それじゃ、もし販売するようなことになったら、ユナちゃんにはクマの置物を作ってもらうわよ」

ティルミナさんは笑みを浮かべながらユナちゃんを見る。それに対して、ユナちゃんは嫌な顔をする。

ユナちゃんが関係する場所にはクマの置物が置かれている。このお店の前にはパンをかかえた大きなクマの置物がある。もう一つのお店には魚をかかえたクマの置物がある。孤児院にもあるし、そもそもユナちゃんの家はクマの形だ。

ティルミナさんは、ユナちゃんの影響下にあることを示すにはちょうどいいと考えているらしい。

「あのう、宿屋でケーキを販売したいっていうのはわたしの勝手な思いつきなので」

エレナさんは、適当に口にしたことが大事《おおごと》になり始めて困りだす。

「それにネリンちゃんが大変だし」

困ったようにユナちゃんとティルミナさんを交互に見て、最後に助けを求めるようにわたしを見る。

でも、わたしの返答はエレナさんの思いと違うものだった。

「たくさん作らなければ大丈夫です」

「ネリンちゃん？」

エレナさんのためなら、多少忙しくても大丈夫だ。それに少しでもエレナさんの役に立てれば嬉しい。
エレナさんは断ろうとしていたけど、ティルミナさんも少しやる気になってしまい……
数日後、わたしを含めてエレナさんのご両親と話し合うことになった。
結局、毎日でなく、数日に一度ケーキを委託販売することになった。

番外編③　王城門番、クマとの遭遇

お城の門番を務めるようになって1年が過ぎる。

不審者を入らせないようにするのがわたしたち門兵の役目だ。毎日、城にやってくる者は多い。城で仕事をする者、食材を運んでくる者、相談を持ってくる者、各ギルドからの報告もある。いろいろな者が城にやってくる。その中から怪しい者を入れないようにする。

最近、クマの格好をした女の子が城に出入りするようになった。

クマといえば怖いが、この女の子の格好はクマはクマでも可愛《かわい》らしいクマの格好だった。

初めて見たのはエレローラ様に連れてこられたときだった。そのときは、もう一人の子供と一緒だった。次に見たときは冒険者ギルドのギルドマスターと一緒だった。その次は国王陛下の誕生祭の忙しい日に、エレローラ様と一緒に現れた。エレローラ様に冒険者ギルドのギルドマスター、どちらも地位が高い人物だ。そんな人たちと一緒にやってくる女の子は何者なんだろうか。エレローラ様のご令嬢かと思ったが、会話を聞く限りでは違うみたいだ。

門兵の間では噂《うわさ》になる。クマの女の子は何者なのか。でも、エレローラ様や冒険者ギルドのギルドマスターに尋ねるわけにもいかず、未《いま》だ謎に包まれている。

誕生祭の最終日、城の門を閉め仕事を終えると、非番を含む俺たち門兵全員が集められた。仕事は交代制で行われる。門番をしたり、街の見回り、鍛錬などをしたりする。それを交代で行う。基本2人一組で行われる。

月に一度、報告を兼ねて集まることはある。でも、まだその日ではない。

門を守る当番の人間を除く全員が集まった部屋には、いつもと違う空気が流れている。

それはいつもならいるはずのない人がいるからだ。

「おい、どうして、エレローラ様がいるんだ?」

隣にいるロイモンドが小声で尋ねてくる。そう、俺たちの前にはエレローラ様がいる。

でも、そんなことを聞かれても俺には知るよしもない。エレローラ様は見回りで顔を出すことはあっても、今回のように集まりに出席することはない。いつもは騒がしい部屋もエレローラ様がいることで静かなものだ。みんな、なにか重要なことがあると思っているようだ。

「全員集まったな」

エレローラ様の側にいる隊長が口を開く。

「みなのおかげで国王陛下の誕生祭も無事に終わった。礼を言う」

隊長から労《ねぎら》いの言葉が出る。今回は大変だった。一時、たくさんの魔物が出たと大騒ぎになったからだ。冒険者ギルドが大挙して討伐に出たりと、情報が錯綜《さくそう》した。魔物の情報が嘘《うそ》だったとか、ランクA冒険者が倒したとの噂もある。すぐに収束したものの、あのときは緊張が走った。

あの出来事を除けば国王陛下の誕生祭は無事に終わった。

「それで国王陛下より、直々の命令書が届いた」

国王陛下から直々の命令書って聞いたとき、俺たちに緊張が走った。そんなものが来ることなんて滅多にない。まったくないといってもいい。それが、国王陛下から直々の命令書が出たという。しかも誕生祭が終わったあとだ。なにかあったのかと、部屋の中がどよめく。

「だから、エレローラ様が来ているのか？」

隣にいるロイモンドが小さい声で口にする。

確かに、それなら納得がいく。エレローラ様は国王陛下の下で仕事をしている。それだけ重要な話ってことなのかもしれない。

「静かにしろ。詳しいことはエレローラ様が話してくださる」

隊長が一歩下がり、エレローラ様が前に出る。みなの視線がエレローラ様に集まる。

続くエレローラ様のお言葉は信じられないものだった。みな、俺と同じ気持ちのはずだ。

だって、内容が……。

「クマの格好をした女の子が来たら、城の中に通すように」

「クマの格好をした女の子が来たら、客人として出迎えるように」

クマの格好をした女の子って、あの女の子か？　偶然にも俺はそのクマの女の子を見ている。そのクマの格好をした女の子が来たら、城の中に通せ、というのか。

さらに、エレローラ様の最後の言葉が一番信じられないものだった。

「クマの格好をした女の子が来たら、国王陛下に連絡するように」

女の子が来ただけで、国王陛下に連絡をする？　わけが分からない。そのクマの格好をした女の子は何者なんだ。

「ああ、できれば、わたしにも伝えてね。これは国王陛下の命令じゃなくて、わたしからのお願い」

エレローラ様は可愛らしい笑顔で言う。こんな可愛らしい女性だが、同時に怖い女性でもある。エレローラ様を怒らせることはしてはいけない。

「あのう、そのクマの格好をした女の子は何者なのでしょうか？　どこかのご令嬢様なのでしょうか？」

誰しも知りたいと思っていることを尋ねたやつがいる。怖いもの知らずがいたものだ。

エレローラ様はその質問に目を細める。少し、機嫌が悪くなった？　まさか、質問が飛んでくるとは思わなかったのだろう。

「クマの格好をした女の子が誰だろうと、あなたたちには関係ないこと。そんなことを聞いてどうするつもりなのかしら」

エレローラ様が笑みを浮かべる。でも目が笑っていない。

「いえ、なにも」

質問した男は顔を伏せてしまう。

「なら、問題はないわね」

クマの格好をした女の子のことを安易に聞くなって意味だ。

俺たちはクマの格好をした女の子が国王陛下の関係者だと思えばいい。それ以上のことは詮索しないほうがいい。俺たちは命令に従うだけだ。

「あと、決して、クマの格好を笑ったり、クマの格好について尋ねたりしないように。不愉快にさせたらダメよ」

俺は口に溜まった唾《つば》を飲み込む。なにか大変なことになりそうだ。


その日の夜、仕事を終えた仲間と酒を飲む。

「クマの格好をした女の子か。いったいどんな格好をしているんだ。想像もつかないぞ」

「そうか、ロイモンドは見たことがないんだったな」

「なんだ、おまえは見たことがあるのか？」

「ああ、俺の当番のときに来たことがあるな」

「どんな女の子だったんだ？」

「ああ、可愛いクマの格好をしていたぞ」

「可愛い？　怖いの間違いじゃないのか？」

まあ、普通はクマの格好をしているといえば、本物のクマを想像する。ならば怖いと思っても仕方ない。

「いや、それがなんていうか、ふわふわのモコモコで。そうだ。ぬいぐるみみたいな感じだ。顔も愛くるしい少女だったから、余計に可愛かったぞ。おまえも一度見ればすぐに分かる」

俺の言葉にロイモンドはわけが分からないような顔をしていた。まあ、俺だって、あのクマの嬢ちゃんを見ていなければ、同じような表情をしたと思う。


今日もお城の門で仕事をし、エレローラ様から王命を受けたことも忘れかけていたとき、クマの格好をした女の子が歩いてくる姿が見えた。

「あのクマの格好をした女の子は」

相棒のロックが声をかけてくる。

「ああ、エレローラ様から指示があったクマの格好をした女の子だ」

クマの格好をした女の子が来たら、国王陛下に急いでお伝えしなければならないことを思い出す。

誰がお伝えする？

そんな打ち合わせをしてなかったことを思い出す。つまり、それは片方が対処しているときに、片方が国王陛下にお伝えするということだ。

ロックがクマの格好をした女の子に声をかける。クマの格好をした女の子は、国王陛下から入城の許可をもらっているから入ってもよいかとロックに尋ねる。

ロックはクマの格好をした女の子のカードの確認をして、礼儀正しく入城の許可を出す。

ロックが俺のほうを見る。俺が行くのか！

俺はロックに文句を言いたい気持ちを抑え、国王陛下の元へ走りだす。一刻も早く報告しに行かなければいけない。城の門から城内に向けて走る。門から城の中に入るまでにも距離があり、さらに長い通路を駆け抜ける。

国王陛下がいらっしゃる執務室は中央塔の上だ。門兵の自分がここまで来ることはほとんどない。

ついに俺は、国王陛下が仕事をしている扉の前までやってくる。

ここまで来たがどうしたらいいんだ？

扉の前には怪しい者を入れさせないための兵士が立っている。

「貴様はなんだ？」

兵士は俺のことを怪しむように見る。まあ、息を切らせて走ってくれば、怪しいのは間違いない。兵士は俺を見て身構えている。

「国王陛下にクマの格好をした女の子が来たと伝えてほしい」

俺がそう言うと、兵士も分かったようで「分かった」と返事をする。そして、扉の前にいた兵士はドアをノックして、国王陛下にクマの格好をした女の子のことを報告した。

俺の仕事はここまでだ。俺は仕事場である門に戻ろうするが、ここで思い出す。エレローラ様にもお伝えしないといけないことを。

エレローラ様はどこにいるんだ！

俺はエレローラ様がいると思われる場所を駆け回ることになった。

無事にエレローラ様にお伝えした俺は、門に戻ってくる。

「お疲れさん」

「ああ、まさか『クマの格好をした女の子が来ました』って国王様に報告に上がることがあるとは思わなかった」

それからというもの、俺たちはクマの女の子が来ると国王陛下がいるところまで走るようになった。

一番の問題はエレローラ様の居場所だった。あの人はいろいろな場所に出没するので、国王陛下にお伝えするより大変だ。

ノベルス版8巻 書店特典① クマとの遭遇 王妃様編

わたしがお部屋でお茶を飲んでいると、娘のフローラがやってきました。

「おかあしゃま、えほん、よんで」

フローラが絵本を差し出してきます。

「あら、なんの絵本かしら」

「くまさんのえほん」

渡されたのはちゃんと製本された絵本ではありませんでした。中を軽くめくると、とても可愛《かわい》いクマさんの絵が描かれています。

「これはどうしたの?」

「くまさんに、もらったの」

「くまさん?」

クマの絵本をクマからもらったってことかしら。少し考えるけど、分からない。そんなわたしにフローラのお世話係のアンジュが教えてくれます。

「先日、エレローラ様がクマの格好をした女の子をお連れになられました。その女の子が

「フローラ様に絵本を描いてくださいました」

でも、クマの格好とはどんな格好なのかしら。

「かわいいくまさんだよ。ふわふわで、やわらかいの」

フローラが一生懸命にクマの格好をした女の子のことを話してくれますが、全然想像ができません。可愛《かわい》くて、柔らかいクマの格好した女の子。わたしも見てみたいわ。


わたしは絵本を読んであげます。

女の子はお母さんのために頑張ります。でも、不幸なことに、ウルフに襲われます。そこをクマが助けてくれます。

絵本は病気の母親を大切に思う女の子の話であり、クマが女の子を救う話でした。簡単なお話ですが、子供に母親の大切さを教えてくれる絵本です。

「フローラもお母さまが病気になったら、助けてくれる?」

「おかあしゃま、びょうきなの?　しんじゃうの?」

娘のフローラが小さい手で、わたしの服を掴《つか》み、泣きそうな顔をします。

「大丈夫よ。お母さまは元気よ。死んだりしないわよ」

わたしは慌てて、フローラを慰めます。

「ほんとう?」

「本当よ。だから、安心して」

「うん！」

やっと、娘に笑顔が戻ります。

わたしもつられて笑顔になります。でも、わたしの心配をしてくれるのは分かったので、嬉しくなります。

「おかあしゃま、うれしいの？」

「ええ、フローラがわたしのことを心配してくれたのが嬉しかったのよ」

フローラの頭を撫《な》でると、嬉しそうにしてくれます。それにしても、このような絵本を描くクマの女の子って、どんな女の子なのかしら、会ってみたいわね。


それから数日後、クマさんが来たらしいと耳にします。

「くまさん、おいしいものをくれたんだよ」

クマの女の子は甘くて美味《おい》しい食べ物を持ってきてくれたみたいです。それがとても美味しかったみたいで、フローラは満面の笑みで「おいしかったよ」と言い、さらに夫のフォルオートまで頷いています。

「確かに美味《うま》かったな」

フォルオートも一緒にいたらしく食べたそうです。２人で食べたなんて、羨《うらや》ましいです。

そう言ったら、エレローラも一緒だったといいます。余計にズルイです。どうして、わたしを呼んでくれなかったんですか。

わたしもそのプリンという食べ物を食べてみたいとフォルオートに言うと、なにか良いことを思いついたような顔します。

長年の付き合いで分かります。あれは悪いことを考えている顔です。

なんと、そのプリンという食べ物は、フォルオートの誕生祭の晩餐会《ばんさんかい》で出てきました。

本当に、とても美味しかった。

でも、なにより驚いたのは料理長のゼレフに作らせていないことです。国王の誕生祭の晩餐会です。貴族やいろいろな有力者たちが出席します。めったなものは出せません。それでも、出すということは、そのクマの女の子を信じていることになります。いったい、どんな女の子なんでしょう。国王である夫のフォルオートが信じ、娘のフローラがこんなに懐いているクマの女の子。わたしも、会いたくなります。

でも、クマの格好した女の子は絵描きではなかったのでしょうか？

3度目です。

クマの女の子が来たそうです。しかも、またフローラとフォルオート、エレローラの3人で会ったみたいです。わたしだけがのけ者です。

女の子がやってきた夜、フローラが「くろいくまさん、しろいくまさん、かわいかったよ」「ものすごくやわらかかったよ」とお話をしてくれます。いったい、黒いクマと白いクマとはなんのことでしょう。

まさか、本物のクマがいたわけではないと思います。でもフォルオートの話では、クマの女の子が召喚獣を出したそうです。それは本物のクマだったようです。一瞬、クマと聞いて不安になりましたが、フォルオートがクマを出す許可を出したということは危険はないのでしょう。でも、クマを召喚するクマの格好をした女の子って、もう訳が分かりません。

絵本を描き、美味しい料理を作り、クマを召喚する。クマの格好をした女の子の謎が深まります。

次回こそ会いたいので、クマの女の子が来たら、教えてくれるようにエレローラに頼みました。

「娘がお世話になっていますから、挨拶《あいさつ》は必要です」

今度こそ、クマの女の子に会います。

ある日、クマの女の子がフローラに会いにやってきたと連絡が来ました。

わたしは急いでフローラの部屋に向かいます。

会うと、本当にクマの格好をした女の子でした。娘がくまさんって言うのが分かります。とても柔らかそうなクマの服を着て、足もクマの靴を履き、手もクマの手ぶくろをしています。

この女の子がクマさんの絵本を描き、フォルオートが自由に娘に会うことを許した女の子。

フローラは「くまさん、くまさん」と言って、クマの女の子に凄《すご》く懐いています。クマの女の子も優しそうな表情でフローラを抱きしめ、頭を撫でています。

母親としては寂しいですが、フローラが笑顔でいるのが一番です。


クマの女の子の名前はユナちゃんだといいます。クマさんじゃなかったのですね。

娘が気持ち良さそうにユナちゃんを触るので、わたしも触ってみます。もの凄く手触りがいいです。最高級の毛皮に触っているようです。

ユナちゃんはやめてほしそうにわたしを見るので、触るのをやめます。でも、娘のフローラが触るのは嬉しそうにしています。確かに可愛い娘のほうがいいのはしかたありません。

フローラを椅子に座らせると、ユナちゃんはクマの手ぶくろからパンを取り出します。クマの手ぶくろの口から、たくさんのパンが出てきます。どれも美味しそうです。フローラは手を出して、パンを食べ始めます。フォルオートも一緒に食べるので、わたしも一緒にいただきます。パンはまるで焼き立てのように柔らかく、美味しいです。まさか、このパンも作ったのでしょうか？

さらに最後にプリンを出してくれます。わたしはスプーンですくって口に運びます。

ああ、美味しいです。いくつでも食べられそうです。小さなカップでなく、大きなカップで食べたいものです。

でもユナちゃんに、食べ過ぎはよくありませんよ、と注意されます。王族に囲まれているというのに、緊張はしていないようです。娘と夫の2人がクマの女の子を気に入るのが分かります。

この次もクマの女の子が来たら、教えるようにエレローラに頼みます。

楽しみが増えました。

ノベルス版8巻 書店特典②　チーズ村のオグル

俺たちの村はクマの格好をした女の子に救われた。

この村はそれほど裕福でない。細々と暮らしている村だった。そんな村の付近に魔物が現れるようになり、大切な家畜が襲われたりした。村には冒険者を雇うお金はなかった。それで、村で作っているチーズを王都で売ることにしたが、チーズのことを知らない人がほとんどで、誰も購入しなかった。そんななか、チーズを全部買ってくれた者がいた。親《お》父《じ》の話ではクマの格好をした女の子だという。

初めは信じられないことだったが、お金を見せられたら、信じるしかない。

魔物討伐を冒険者ギルドにお願いした俺と親父は村に戻ってくる。

だが冒険者はやってこない。そんなとき、クマの格好をした女の子が村にやってきた。チーズを買ってくれた女の子だ。その女の子は村が魔物に襲われていることを知ると、討伐してくれた。

大切なチーズを守るためだそうだ。その言葉を聞いたとき、村全員が喜んだ。女の子は魔物討伐のお礼は断り、さらに魔物の魔石まで譲ってくれる。初めは変な格好をした女の子だと思ったが、村の恩人だ。

「それじゃ、オグル、頼んだぞ」

俺は村長である父から頼まれ、クマの格好をした女の子にチーズを買ってもらうため、クリモニアの街に向かう。チーズをクリモニアの街の「くまさんの憩いの店」に定期的に運んでほしいと頼まれたからだ。

しかも、運ぶのに苦労しないようにアイテム袋を貸してくれた。そのおかげで馬車でなく、馬で移動できるから大助かりだ。

女の子から、チーズを使った料理を出している話を聞いたときは半信半疑だったが、村としてもチーズを購入してくれるのは助かる。そのチーズを売ったお金で必要な物を購入することができるからだ。

俺はクリモニアに到着すると、宿屋を早めに確保する。無事に宿を確保できた俺は馬を預け、女の子から聞いた「くまさんの憩いの店」の場所を宿屋の人に尋ねる。本当に「くまさんの憩いの店」という名前のお店があるか半信半疑だったが、すぐに場所を教えてくれた。

なんでも、お店の前に大きなクマの置物があるから、すぐに分かるという。俺はさっそく教えてもらったお店に向かう。そこは大きく立派な建物だった。

ここで間違いないよな？

建物の前には宿屋で聞いたとおり、大きなクマの置物があった。でも、俺が知っているようなクマではなかった。クマを可愛《かわい》くしたらこんな感じになるのかもしれない。その可愛らしいクマはパンを抱えている。

ここで間違いないみたいだ。

お店の中に入ってみると、多くの人が食事をしている。テーブルの上にはクマの女の子が村で作ってくれたチーズを使った料理がある。それを皆、美味《おい》しそうに食べている。あれだけ、王都で売れなかったチーズがこんなに食べられている。信じられないことだった。

お店の中ではテーブルの上を片づけているクマの格好をした子供たちがいる。

俺はお店の関係者だと思うクマの格好をした女の子に尋ねる。

「すまないが、このお店の責任者に会いたいんだが」

クマの格好をした子供は俺の言葉に戸惑う。

「えっと、ちょっと待ってください」

子供はそう言うと離れる。そして、すぐに1人の女の子を連れて戻ってくる。この女の子はクマの格好はしていない。

「えっと、なんでしょうか？」

「チーズを持ってきたんだが、どうしたらいいのか、分からなくてな。確か、モリン、ティルミナという名の人に会うように言われたんだが」

「あっ、ちょっと待ってください。じゃなくて、こちらにいいですか？」

俺の言葉を理解してくれた女の子は、店の奥にある部屋へと案内してくれた。

「ちょっと、待ってもらえますか。お店が忙しくて。お母さん、じゃなくて、モリンですが、手が空いてなくて」

「いえ」

「えっと、どうしよう。ティルミナさんはいないし。誰かに呼びにいってもらえば」

「そんなに慌てなくても大丈夫です」

「すみません」

先ほどのお店の様子を見れば忙しいのは分かる。時間を変えたほうがよかったかもしれない。

「クマの格好をした女の子はいないんですか？　お店にいた小さな女の子じゃなくて。その、もう少し成長した女の子で、本物のクマに乗った」

俺は村で出会った女の子のことを思い出しながら、尋ねる。

「ああ、ユナちゃんですね。ユナちゃんは朝と昼食に食べにくるとき以外はあんまり来ないんです。ああ、飲み物を持ってきますので、座って待っていてください」

「いえ、気にせずに」

女の子は慌てて部屋から出ていってしまう。

本当にお店があって、チーズが食べられているのを見ると不思議だ。初めはちゃんとチーズを買ってもらえるか不安だったが、大丈夫そうだ。

少し待つと先ほどの女の子が戻ってくる。

女の子だけでなく、大人の女性も一緒だ。

「ごめんなさい。お待たせしたようで」

女性が部屋に入ってくると謝罪をする。先ほどの女の子が飲み物を置いてくれる。

「わたしはティルミナ。このお店の管理をさせてもらっています」

「俺はオグル。クマの格好をした女の子に頼まれてチーズを持ってきました」

「ありがとう。在庫がなくなりそうだったから、助かったわ」

「それで本当に買ってもらえるんですか？」

一応確認する。

「ええ、もちろん。ユナちゃんから、話は聞いているけど、金額は前回と同じで問題ないかしら？」

「はい、問題ないです」

無事に購入してもらえた。これでいろいろと必要なものを買って、村に帰ることができる。

「それで、少し相談なんだけど」

女性は少し言いにくそうに口を開く。

取引の中止はないと思うが、値下げはやめてほしい。購入してもらえる金額を当てにして、買うものも決まっている。だけど、女性から出た言葉は違った。

「チーズの量を増やすことは可能かしら」

「増やすんですか？」

「お店を見てもらったから分かると思うけど、チーズを使った料理が人気があるの。作るのにどれだけ、手間と時間がかかるか分からないけど。お願いできるかしら」

チーズの在庫はある。村で食べる量を減らせば可能だ。それに現在も作っている。

「無理かしら？」

「少しなら、大丈夫だと思います」

「本当？　助かるわ」

女性は嬉しそうにする。

「いえ、村も助かりますので」

買ってくれる量が増えれば、村も助かる。村に帰ったら、作る量を増やさないといけない。

「それじゃ、あとは持ってきてくれたチーズを確認したら、代金を支払うってことでいいかしら？」

「はい」

俺はお店の倉庫に案内される。そのときにキッチンの中を通らせてもらう。そこで、パンを焼いているモリンって女性を紹介してもらう。

「ごめんなさいね。手が空いてなくて」

紹介されたモリンって女性はパンを作りながら謝罪する。

「子供も働いているんですね」

店内もそうだったが、子供が多く働いている。

「みんな、孤児院の子供たちなの。ユナちゃんが面倒を見ているのよ」

「あのクマの女の子が……、あのクマの女の子って、何者なんですか？」

「う〜ん、それは一番答えにくい質問ね」

「別に答えにくかったら」

「そうじゃなくて、わたしたちにもよく分からないのよ。いきなりわたしたちの前に現れたと思ったら、みんなを無償で救っていくような女の子だからね」

俺の村も魔物から無償で救ってもらった。本当に不思議な女の子だ。

俺は倉庫に案内されると、アイテム袋からチーズを取り出し、棚に並べていく。

「ありがとうね」

「いえ、いつもしていることですから」

女性は俺が並べたチーズを数えていく。

「あれ、少し多いわね」

「親父、……いや村長が多めに持っていけって」

い。

「それは」

そのチーズは俺たちの村を救ってくれた女の子へのお礼。お礼はこのぐらいしかできな

「そこはちゃんとしないといけないわ。一度曖昧《あいまい》にすると、2度、3度って続くことにな

るわ。それじゃ、お互いによくないわよ。これからも長い付き合いになるんだから」

女性はそう言うと、ちゃんと計算してくれる。俺はクマの女の子へのお礼と言えなかった。

「それじゃ確認してくれる？　これがチーズの1つあたりの金額で、これがチーズの数。

これが合計の金額になるわ」

確認した俺は先ほどの部屋に戻ってくる。

「それじゃ、これが今回の代金」

「ありがとうございます」

俺はお金が入った小袋を受け取る。そして、テーブルを借りてお金を確認する。かなり

の金額だ。このお金で村で必要なものを購入できる。本当に感謝しきれない。

「これからもよろしくお願いね」

「はい。お願いします」

俺は受け取ったお金で、必要なものを購入して村に帰る。

本当にクマの女の子には感謝しないといけない。

「それじゃ、代金を上乗せしておくわね」

ノベルス版8巻 書店特典③　フィナのドレス選び

今、わたしは非常事態に陥《おちい》っています。部屋に閉じ込められています。ドアの鍵はかかっていませんが、逃げ出すことも助けを求めることもできません。わたしを部屋に閉じ込めているのはこの街の領主のお嬢様のノア様です。

わたしの前ではノア様とお屋敷で働いているララさんが、楽しそうにハンガーに掛かったドレスを見ています。綺麗《きれい》な色のドレスがたくさんあります。あれは誰が着るのでしょうか。きっと、ノア様のドレスです。きっと、そうに違いありません。でも、聞こえてくる言葉はわたしの考えを否定するものばかりです。

「フィナにはどの色のドレスが似合うかな？」

「フィナさんでしたら、こちらの色はどうでしょうか？」

「少し、明るいかな？」

「そうですか。それなら、こちらはどうでしょうか？」

「いいかも。でも、こっちも似合いそう」

聞こえてくる言葉はわたしに似合うドレスの話だけです。

どうして、こんなことになったんでしょう。その原因は、家に貴族のミサ様から誕生日パーティーの招待状が届いたからです。わたしはどうしたらよいか分からず、ユナお姉ちゃんに相談しました。だけど、ユナお姉ちゃんも困ったようで、ノア様に相談することになりました。

初めは断るつもりで、ノア様に相談しにいったわたしですが、ノア様に説得され、誕生日パーティーに出席することになってしまいました。

考えただけで、気が重くなります。

そんなわたしの腕をノア様が摑《つか》み「誕生日パーティーに着ていくドレスを決めましょう」と言って、ノア様の部屋に連れてこられました。それが今の状態です。

うぅ、帰りたいです。でも、そんなことはできないです。せめて、ドレスを着るのは断りたいです。

「このドレスのほうがいいかも」

ノア様はララさんに見せるようにドレスを広げます。

そんな綺麗なドレスをわたしが着ても似合いません。普通の服で参加できないなんて。今からでも断ることはできないでしょうか。お腹が痛くなります。

何か、前にも同じことがあったような気がします。このお腹の痛さは経験したことがあります。

「それなら、全て着てもらって、似合いそうなのを選びましょう」

「そうね。時間もあるから、フィナに着てもらいましょう」

ララさんとノア様がドレスを持って近づいてきます。

わたしは後ずさりします。

ああ、思い出しました。同じようなことを王都で経験しました。エレローラ様とスリリナさんがわたしに服を着せた状況と同じです。今のノア様の楽しそうな顔はエレローラ様が服を持ってわたしに近寄ってきたあのときと同じです。うぅ、どうしてお2人はわたしに綺麗な服を着せたがるのですか。

そんなドレスを着ても、わたしには似合わないし、もったいないです。

「ノア様、このままの服で参加することはできないんですか？」

無駄と思っても、わたしは抵抗します。ここにあるドレスはわたしの服と違って、高価です。エレローラ様のところで着た服よりも、きっと高価です。もし汚したり破いたりしたら、大変です。弁償なんてできません。

「ミサもドレスを着ると思うし、わたしも着るよ。だから、フィナも着ないと」

そう言われると言葉を返せなくなります。

「それじゃ、フィナ。早く服を脱いで」

と言いながらノア様が近寄ってきます。

「……ノア様」

わたしは逃げるように後ろに下がりますが、ベッドがあって、これ以上下がれません。

状況がまるっきり、エレローラ様のときと同じです。

2人が迫ってきます。

「わたしにドレスは似合いません」

「フィナさんは可愛《かわい》らしいですから、どのドレスもお似合いになりますよ」

「ララの言うとおりです。さあ、この中から一番似合うドレスを選びますよ」

切り返しがスリリナさんとエレローラ様と同じです。でも、今回はわたし1人ではありません。ユナお姉ちゃんがいます。

「それなら、ユナお姉ちゃんも一緒に……」

「ユナさんなら、先ほどドレスを用意しているときにお帰りになりました」

「えっ」

「フィナさんのことをよろしくとクリフ様に頼まれていました」

ユナお姉ちゃん！　わたしは心の中で叫んだ。

うぅ、ユナお姉ちゃん。1人で帰るなんて酷《ひど》いです。わたしも帰りたいです。

「ララ、フィナの服を脱がして」

「かしこまりました」

ララさんが近づいてきます。逃げ道はありません。助けてくれるユナお姉ちゃんもいません。

「フィナさん、失礼します」

ララさんが手を伸ばしてきます。

「うぅ、分かりました。自分で脱ぎます」

わたしは諦めました。人生には諦めが肝心だと、エレローラ様のところで学びました。逆らうことはできません。わたしは諦めて服を脱ぎ、ドレスを試着することにしました。

エレローラ様のところで着た服も可愛いかったですが、ドレスはお姫様になったような気がします。

「サイズもちょうどいいですね。これなら、調整は必要はないかもしれませんね」

わたしが着ているドレスはノア様のドレスだそうです。ノア様とは年齢も一緒で、身長も変わりません。

「フィナ、くるっと回って」

ノア様に言われて、ゆっくりと回ります。

「フィナ、似合っていますよ」

うぅ、恥ずかしいです。

「それじゃ、次はこっちを着てみて」

ノア様が満面の笑みで別のドレスを差し出します。わたしは断ることができず、別のドレスも着ることになります。どのドレスも綺麗で、わたしにはもったいないです。

それから、ドレスの試着は何回も行われました。

「フィナ、気に入ったドレスはありましたか？」

どれも綺麗なドレスで、自分で選ぶのは難しいです。派手な色より、薄い色がいいです。

わたしがそのことを言うと、ノア様は色が薄いドレスを選んでくれました。

これで無事にドレス選びが終わりました。でも、このドレスをミサ様のパーティーで着ると思うとお腹が痛くなります。


「それじゃ、フィナのドレスも決めたことだし、今度はユナさんのドレスを決めましょう」

わたしがララさんに手伝ってもらいながらドレスを脱いでいると、ノア様がそんなことを言い出しました。

「それなら、初めからユナお姉ちゃんも呼んだほうが」

「それはダメです。ユナさんは『着てください』と頼んでも絶対に着てくれないと思います」

ユナお姉ちゃんはいつもクマさんの服を着ています。お風呂に入るときぐらいしか、脱いだところを見たことがないです。前に違う服を着ないのか尋ねたことがあるけど、クマの加護があるから、脱げないようなことを言っていました。クマの加護なんてあるのかな。

「それに、無理に着るように言ったら、誕生日パーティーに行かなくなると思います。だから、誕生日パーティー当日まで内緒にするつもりです。フィナもユナさんに絶対に話したらダメですからね」

それでノア様はユナお姉ちゃんをドレス選びに誘わなかったんですね。

ユナお姉ちゃんはわたしと違って、相手が貴族でも平気で断ったりします。嫌なことは嫌と言う人です。ノア様もそれが分かっていたみたいです。

「フィナも一緒にユナさんのドレスを選びましょう」

「……分かりました」

ユナお姉ちゃんが悪いのです。ユナお姉ちゃんにはわたしを見捨てて帰ったことに文句の一つも言いたいです。

それから、わたしたちはユナお姉ちゃんに似合うドレスを選び始めました。

ノベルス版8巻 書店特典④ シェリーのぬいぐるみ作り

わたしが働いているお店は布や糸などを扱っているお店です。そこで服などを作っています。ある日、そこにユナお姉ちゃんがやってきました。そして、くまゆるちゃんとくまきゅうちゃんのぬいぐるみを作ってほしいと相談されました。

くまゆるちゃんとくまきゅうちゃんは、ユナお姉ちゃんのクマさんの名前です。とっても可愛《かわい》くて、おとなしいクマさんです。そのクマさんのぬいぐるみを作ってほしいそうです。

わたしはちゃんとそっくりに作りたかったので、くまゆるちゃんを見せてほしいとお願いしました。部屋が狭いから無理かと思ったら、ユナお姉ちゃんが手を伸ばすと、クマさんの手から小さなくまゆるちゃんが出てきました。

な、なんですか!? この小さいクマさんは!? ものすごく可愛いです。

なんでも、くまゆるちゃんを小さくしたそうです。

小さなくまゆるちゃんが、「なに?」って感じでわたしを見ます。ユナお姉ちゃんはこのサイズのくまゆるちゃんのぬいぐるみを作ってほしいと言います。

わたしは急いでロールメジャーを取り出して、くまゆるちゃんのサイズを測ります。頭に胴体、足のサイズに手のサイズ、耳に尻尾、あらゆるサイズを測りました。

それにしてもモコモコで柔らかいです。

うぅ、凄《すご》く可愛いです。


わたしはお店の主人であるテモカさんの許可をもらい、さっそく、ぬいぐるみ作りに取りかかります。

分からないところはテモカさんに教わりながら、ぬいぐるみのための型紙を作ります。これが一番大変な作業です。これができれば、この型紙に合わせて布を切って、縫うとぬいぐるみが完成します。洋服を作るのに近いです。

「シェリー、今日はここまでだね」

「テモカさん、ありがとうございます。テモカさんのおかげで難しいところができました」

「これも勉強だからね。分からないところがあったら、言うんだよ」

テモカさんは優しく教えてくれます。お父さんがいたら、こんな感じなんでしょうか。

「家で少しでも進めたいので、持って帰っていいですか？」

「かまわないけど。あまり無茶をしたらダメだよ」

「はい」

わたしは家に戻ってぬいぐるみ作りの続きをするため、材料を持って帰ることにします。

家に戻ってきたわたしは夕食を食べるとぬいぐるみ作りを再開します。

「シェリーおねえちゃん、なにをつくっているの？」

ミンシャが尋ねてきます。ミンシャはまだ、小さい女の子です。

「クマのぬいぐるみだよ」

「くま!?」

ミンシャはクマに反応します。クマは危険な動物です。でも、ユナお姉ちゃんのくまゆるちゃんとくまきゅうちゃんのおかげで、みんなクマと聞くと喜びます。将来が少し心配です。

「ユナお姉ちゃんに頼まれて、くまゆるちゃんとくまきゅうちゃんのぬいぐるみを作っているんだよ」

「いいな。わたしもほしい」

「……うーん。ユナお姉ちゃんに聞いて、今度作ってあげようか？」

「いいの？」

「でも、ユナお姉ちゃんに確認してからね」

「うん！」

わたしはみんなが寝静まったあと、同室の子に迷惑をかけるので、誰もいない食堂でぬいぐるみ作りを進めます。眠いけど、頑張ります。ユナお姉ちゃんにお願いされた。わたしだから頼まれた。それが凄く嬉しい。だから、ユナお姉ちゃんの気持ちに応えるために布を縫っていきます。

そして、朝方近くにくまゆるちゃんのぬいぐるみが完成しました。

できた。

初めて作ったけど、上手にできました。

一番難しかったのは、やっぱり顔です。顔を可愛くするのに苦労しました。

くまゆるちゃんが完成したわたしは、気が抜けて、そのまま寝てしまいました。でも、すぐに起きてきた院長先生に起こされて、叱られてしまいました。

わたしは自分の部屋に戻って、少しだけ寝ることにしました。

ほんの少し寝たところで、朝食の時間になり、同室の子に起こされます。

わたしは眠い目を擦《こす》って起き上がります。少ししか寝ていないから、眠い。でも、朝方までぬいぐるみ作りをしていたからしかたないです。

わたしは部屋を見回します。あれ、完成したくまゆるちゃんのぬいぐるみがない。完成したのは夢じゃないですよね。わたしは食堂に置いたままにしてしまったことを思い出しました。

部屋を出て、食堂に急ぐと、くまゆるちゃんのぬいぐるみを取り合いしているちびっこたちの姿がありました。

「これはわたしの」

「ぼくのだよ」

「うぅ、わたしにもかして」

わたしが作ったくまゆるちゃんのぬいぐるみが取り合いになっています。

「それはわたしが作ったぬいぐるみだから、返してくれる？」

わたしが声をかけると、みんな泣きそうになります。

「やだ」

「くまさん、ほしい」

くまゆるちゃんのぬいぐるみを強く抱きしめて、離そうとしません。まさか、こんなにみんなが欲しがるとは思いませんでした。

「ユナお姉ちゃんに頼まれたものなの。だから返して」

「ユナおねえちゃん？」

「うん、みんな、ユナお姉ちゃんを困らせたくないでしょう」

わたしがそう言うと、ぬいぐるみを持っている子が悲しそうな顔で返してくれます。みんな、ユナお姉ちゃんが大好きです。だから、ユナお姉ちゃんの困ることはしません。でも、このままじゃ、この子たちが可哀想《かわいそう》です。

「ありがとう。今すぐには無理だけど、ユナお姉ちゃんにお願いして、みんなの分のぬいぐるみも作ってあげるから」

「本当！」

「わたしのも⁉」

「ぼくのも⁉」

悲しそうだった表情が笑顔になります。

「うん、だから、今は我慢してね」

わたしはみんなの分のぬいぐるみを作る約束をします。

「シェリーおねえちゃん。くまきゅうちゃんはないの？」

「これから作るよ」

「それじゃ、わたし、くまきゅうちゃんがいい」

「わたし、くまゆるちゃん」

「ぼくもくまゆる」

「わたしはくまきゅうちゃんがほしい」

昨日約束したミンシャもせがみ、くまゆるちゃんとくまきゅうちゃんのぬいぐるみをたくさん作らないといけなくなってしまいました。

朝食を食べたわたしは目を擦りながらお店に向かいます。

「シェリー、眠そうだけど、大丈夫なのかい」

「はい。少し頑張っちゃいました」

「しっかり寝ないとダメだよ」

「はい」

「それじゃ、わたしは仕事をしているけど、分からないことがあったらいつでも聞いてかまわないからね」

「はい」

くまゆるちゃんは完成しているので、あとは白い布を使ってくまきゅうちゃんのぬいぐるみを作るだけなので、大丈夫です。

わたしはくまきゅうちゃんのぬいぐるみを作り始めます。作り始めてしばらくすると、欠伸《あくび》が出てきます。眠いです。でも、頑張って完成させないといけないです。

わたしは眠いなか、どうにかくまきゅうちゃんのぬいぐるみも完成させました。あとはユナお姉ちゃんのところに持っていくだけです。わたしはテモカさんに外出の許可をもらいます。

「シェリー。ユナちゃんのところに行ったら、今日は休んでいいよ。ユナちゃんのために頑張るのは分かるけど。休息も必要だよ」

どうやら、眠そうに作っていたことに気づかれていたみたいです。

「ごめんなさい」

わたしは謝罪して、今日は休ませてもらうことにします。できあがったくまゆるちゃんとくまきゅうちゃんのぬいぐるみを袋に詰めます。少し大きいけど、持てなくはないです。

わたしはぬいぐるみが入った袋を持って、ユナお姉ちゃんの家に向かいます。

喜んでもらえると嬉しいな。

この本を読んでのご意見・ご感想・ファンレターをお待ちしております。
〒104-8357 東京都中央区京橋 3-5-7
（株）主婦と生活社 PASH! 文庫編集部
「くまなの先生」係

PASH!文庫
本書は2018年1月に当社より単行本として刊行されたものを文庫化したものです。

くまクマ熊ベアー 8

2023年6月12日 1刷発行

著　者　くまなの
イラスト　029
編集人　山口純平
発行人　倉次辰男
発行所　株式会社主婦と生活社
〒104-8357 東京都中央区京橋 3-5-7
[TEL] 03-3563-5315（編集） 03-3563-5121（販売）
03-3563-5125（生産）
[ホームページ]https://www.shufu.co.jp
製版所　株式会社二葉企画
印刷所　大日本印刷株式会社
製本所　株式会社若林製本工場
フォーマットデザイン　ナルティス（原口恵理）
編　集　山口純平

©Kumanano　Printed in JAPAN ISBN 978-4-391-15984-4